大勢が行き交い、
商人が元気よく叫んでいる。
看板の表記も
見たことがないものばかりで、
ただその場に立っているだけで
興奮していた。
――ああ、すげえな
JN225105
異世界ガイドマップ
OTHERWORLD GUIDE MAP
【クチコミ】を頼りに悠々自適な
異世界旅行スローライフを満喫します
菊池快晴
illustration 又市マタロー

「目開けてみな、ティア」

「ん……え、凄い。凄い凄い凄い!!!!——凄く、綺麗」

『王都付近、秘密の夜景』

5.0★★★★★(45)

『王都一のロマンチスト』

★★★★★。

結婚を申し込むため、必死に探した場所。

答えは言うまでもない。

俺の隣には、愛する妻がいるからな。

『偶然見つけた冒険者』

★★★★★。

綺麗な場所だー。

凄い、ほんとに凄い。

『A級冒険者』

★★★★★。

1人になりたいとき、俺はここへくる。

景色が綺麗で、王都の街並みが一望できる。

――敵を蹂躙することが、
戦うことが、楽しい。
「悪いな1つ目、俺がいなけりゃよかったのにな」

異世界ガイドマップ
OTHERWORLD GUIDE MAP
【クチコミ】を頼りに悠々自適な
異世界旅行スローライフを満喫します
菊池快晴
illustration 又市マタロー

「やっぱりここって異世界だよなあ……」

生い茂った森の中、見たこともないカラフルなキノコを見つめていた。

空腹とはいえ、どう見ても食べられなさそうだ。

俺の名前は八雲旅人（やくもたびと）、生前はブラック企業で一生懸命に働いていた。

上から責められ、下は可哀想（かわいそう）で心が苦しくなる、いわゆる中間管理職だ。

延々と積み重なる書類、睡眠時間を削る日々。

なぜ生きているのかわからない。自分が、自分ではないような感覚。

ある日の帰り道、突然、心臓が痛んだ。

地面にうずくまり、意識が薄れていく。

こんな……終わり方なのか。そして次に目を覚ましたとき——なぜか森の中で倒れていた。

「このチカチカしてるの、絶対あれだよな」

それと関係あるのかはわからないが、俺の視界上には、ゲームでよく見かける地図が表示されていた。

右上に半透明の四角いもので、歩くとマップが詳細に広がっていく。

進めば進むほどマッピングされるらしい。

今のところ生い茂った森しか表示はされていないが、どうにも気になる文字が書いてある。

声にするのは恥ずかしいが、言ってみたい気持ちがあるのも事実だ。

どうせならと、元気よく「ステータスオープン！」と叫んだ。

すると――。

『八雲旅人』
レベル：1。
体力：E。
魔力：E。
気力：E。
ステータス：ややお疲れ気味（甘い物を食べたほうがいいかも）。
装備品：布シャツ、布ズボン。
固有能力：異世界ガイドマップ、超成熟、多言語理解、オートマッピング。
マップ達成済：なし。
称号：異世界旅行者。

「……はっ、マジで出やがった」

ゲームを少しでもやったことがあるものなら、秒で理解できる文字の羅列。

半透明化されたステータスが、視界に表示されている。

「けど……なんか弱そうだな」

少し期待していたが、どうやらチートって感じではないらしい。異世界旅行者ってのは、生前の趣味と関係しているみたいだ。

元々旅行が好きだった。国内、海外問わずに気が向いたらどこでも行った。

世界遺産がとくに好きで、人と話すのも好きだった。

よくマップや旅行本を片手に、観光地を歩き回っていた。

とはいっても、仕事を始めてからはさっぱり行けなくなったが。

右上のマップには、赤い人型のピンが刺されている。おそらく、これが俺だ。

普通に考えると、現在位置ということだろう。

「これは……かなり便利だな」

つまり自分がどこにいるのかが明確にわかる。

方向感覚は大事だ。ＲＰＧで地図がなければクリアするのに相当苦労するだろう。

その点、俺はとてつもないアドバンテージを初めから得ていることになる。

そのとき、先ほど発見したカラフルなキノコが、デフォルメされたアイコンとなり、地図上に表示されていることに気づく。

ふたたびキノコに視線を戻すと、これまたゲームのようなエフェクトと文字が浮かび上がる。

『カラフルポイズンスマイルキノコ』

見た目は綺麗（きれい）だが、食べると笑いが止まらなくなり、呼吸困難で死に陥る。


あ、あぶねえ……。

食べたら秒で死ぬところだった。

けど——このスキルはおもしろい。

地図を広げていくために歩いていると、『小川』という文字が表示された。簡易的だが、青い川の絵が描かれている。

よく考えたら喉がカラカラだ。地図通りに歩くと、ちゃんと水の音が聞こえてくる。

「すげえ、マジだ」

実際に見ている視界よりも、地図のほうが視野としては広いらしい。

マップアプリ&ゲームのマップを合わせたようなものか。

小川で喉の渇きを潤したあと、水に反射した自身の姿を見る。

……うそだろ。

黒髪の青年がそこに映っていた。

目鼻立ちがはっきりしていてかっこいいが、これは生前の俺じゃない。

転生小説のお約束ではあるが、実際に自分が体験するとは思わなかった。
随分とかっこいいが、よく見ると髪が少しだけ赤い？
触ってみるとそれが何なのかはすぐにわかった。
「……血か」
慌てて傷を探してみたが、痛みも、傷もない。
どうやら固まっているらしい。時間が経過しているのだろうか。
そのとき、ピコンという音がどこからともなく聞こえて、ビクンと身体が震える。
何事かと思っていたら、近くの地面が光って見えた。
同時に地図上で『！』が表示されている。
指でクリックすると『落とし物』と書かれていた。
その場まで歩いてしゃがみ込むと――。
「短剣、か？　なんだこのべったりついてる赤いのは――」

『血塗られた短剣』
殺された冒険者の落とし物。

こ、こえええ。
……やっぱり死んだりするのか、この世界。

ちゃんと気を引き締めよう。

けどやっぱこのガイドマップは非常に優秀だ。

普通の地図だけかと思ったが、解析ができたり落とし物までわかるらしい。

これならたとえ初見の場所だとしても困ることはないだろう。

そもそも道端の落とし物を発見できるだけでも、とんでもなくチートじゃないか？

他のスキルも試してみたいが、よくわからないな。

多言語理解は直感でわかるとして、超成熟はなんだ？　パンか？　パンがすぐ焼けるのか？

試しに発声してみたが、発動はしない。

わからないことだらけだが、気力は十分だ。

ひとまずポケットに竹筒だけは入っていたので、先ほどの小川で水を補充して歩きだす――。

『パラッパッパー！　マッピングが開始されました。超成熟ボーナスにより『クチコミ』が追加されました』

軽快なラッパ音と共に、地図に新しい項目が増えた。

それは、マップアプリなどでよく見る、レストランや観光名所に書かれている見慣れたものだ。

「……もしかして」

ドキドキしながら今いる場所をクリックする。

『王都付近、魔の森』

2・9★★★☆☆（14455）

おお、すげえ。
めちゃくちゃわかりやすい。
括弧の中の数字は、クチコミの数だろうか。
評価が著しく低いのは気になるが、ひとまず見てみるとするか。

『E級冒険者』
★☆☆☆☆。
夜は気を付けろ。
魔物が四方から襲ってくる。
『E級冒険者』
★★☆☆☆。
昼はいいが、夜が危なすぎる。
『C級冒険者』
★★★☆☆。
昼は比較的平和、夜は魔物の数がとんでもないことになる。
『F級冒険者』

★☆☆☆。
足が、俺の足があああああああ。

『B級冒険者』
★★★★☆。
素材集めにもってこい。魔狼は仲間を呼ぶので注意必須。

『C級冒険者』
★★★☆☆。
手ごろな薬草が多くて重宝するも、広すぎるのがちょっと面倒。


おそらくだが、この場所で思ったこと、見たこと、感じたことが書かれている。

どうやって投稿したのかはわからないが、これが真実なら……夜はかなり危険みたいだ。

空はまだ明るいが、いずれ夜になるだろう。暗くなる前にこの森を出なきゃならない。

普通なら当てもなく歩き続けるのは危険だが、この異世界ガイドマップがあれば、森を抜けるのはそこまで難しくないはず。

「つしゃ、行くか！」

おそろしいと書かれているのに不思議と恐怖はなかった。

地図が広がっていく何とも言えない楽しさのおかげかもしれない。

いや、すべての重荷から解放されたからかもしれない。

道なりに歩いていると、マップの先端に『国』と表示されたあと、『城』のアイコンが見えはじめた。よし、街があるなら何とかなる。

きっと国の中でもこのガイドマップは使えるんじゃないか。

一体何を見ることができるのか、今から楽しみで仕方ない。

そのとき、ピロンと機械音が聞こえた。

地図に『！』が表示される。

落とし物だろうか。無視をしてもいいが、夜になるまでまだ時間はある。

よく考えると、もし街に着いても、俺は無一文だ。

……どうせなら拾ってから行こう。この世界に遺失物横領の法律はないと信じて。

だが近づくと、文字がまさかの『人』に変わった。

何とも言えぬ不安、心臓が高鳴る。だがここで無視をすることもできない。

警戒を強め、ゆっくり近づいていく。

やがて落とし穴のようなものを発見した。表示は変わらず『人』だ。

おそるおそるのぞき込むと――。

「……すぅすぅ……お腹(なか)すいた……よぉ……」

そこには、頬に泥がついている女の子が寝ていた。

綺麗な金色の髪、横顔だけでも整った顔立ちだとわかる。

驚いたのは、頭の上に猫耳がついていることだ。

……地毛ならぬ、地耳？

お尻には、モフモフそうな白く細長い尻尾。

ぴょん、ぴょんと左右に動いている。

って、それより――。

「お、おい大丈夫か？　生きてるか!?　……ね、猫さん!?」

「……ふぇ？　え、人、ひとだあああぁ！　ミルフィを助けてえええくだちゃあああいいい」

泣きじゃくりながら両手をバンザイ、ミルフィと名乗った女性が、俺に助けを求めてきた。

――『すげえ』

「……。あ……ま、待ってろ！　今、助けだしてやるからな」

「ふぁあああ、よかったああああああああ」

俺は必死で手を伸ばした。ミルフィも手を伸ばした。

そして、凄（すご）い揺れた。

不謹慎だから何がとは言わないが、揺れに揺れた。

もしかして異世界転生って、最高なのかもしれない。

『ミルフィ』
★☆☆☆。
なんでこんなところに落とし穴があるのにゃあ！
お腹すいたよぉ。
『タビト』
★★★★。
夜がやべえらしい。急いで森を抜けよう。
けどおっぱいってどんなときでも最高だな！

「ありがとうございまつうううう」

穴から這い出た泥だらけの猫耳美少女が号泣していた。

だが俺も感謝している。緑だらけの森に、巨大なたゆんとモフモフ猫が突如降臨したからだ。

泥だらけでも、とんでもなく可愛い。

「一応誤解したくないので尋ねておきたいが、穴で生活するタイプじゃないよな？」

「違うよおお。落ちたんでづよおお」

「だろうな。とりあえず顔だけでも洗ったらどうだ。ほら、水だ」

「あでぃがどございまづうう」

ポケットに入れていた竹筒を手渡す。貴重な水だが、人命救助が優先だ。いや、もう助かっているが。

顔の泥を払うと、さらにとんでもなく綺麗な顔が姿を現した。

よく見ると瞳の色が左右で違う。

猫耳がピョンピョン動いている。マジでやっぱり異世界なんだな。

「ふう……すっきりした……。あ、あらためて私、ミルフィって言います！　あとその……の亜人なんですけど……大丈夫ですか？」

「亜人っていうのは？」

「え？　知らない……ですか？」

「ああ、初めて見たが」

ミルフィはかなりびっくりしていた。とはいえ、知らないものは知らない。

「人と動物の混血──ですかね。私はその……猫人族(ねこびとぞく)……っていいます」

「そうか。モフモフでいいな。ということは俺は……人族か？　よろしくな」

やっぱり猫だったか。丁寧な物言いに好感が持てる。

俺は右手を差し出した。すると、ミルフィが目を見開いて驚いていた。

え、もしかしてこの世界では友好の証(あかし)ではない……？

「……嫌じゃないですか？」

「ん？　何がだ？」

「亜人、苦手な人もいるから……」

「そうなのか？　でもミルフィは、ミルフィだろ？　俺と何が違うんだ？」

モフモフを苦手な人がいるとはな。

むしろ触りたい。もちろん、耳とか尻尾をだ。邪(よこしま)な気持ちは一切ない。

すると彼女は、嬉(うれ)しそうに手を握り返してくれた。

「ふふふ、ありがとう！　あ、名前はなんて言うんですか？」

「ああ俺は……八雲たび——ええと、ややこしいか、タビトって呼んでくれ」

「タビト、よろしく！　けど本当に助かったよ。危うくここで一生を終えるところだったから……」

どうやら気を許してくれたらしく、少し砕けた口調になった。こっちのほうが素なのだろう。

「確かにそれは世界の損失だな（たゆん的にも）」

「えへへ、それは言いすぎだよお」

「言いすぎじゃないぜ（マジ）」

凄く明るくていい子そうだ。

耳と尻尾は猫っぽいが、人間と見た目はほとんど変わらない。

……というか、気になるな。

「1つだけ聞いていいか？」

「何でも！」

「語尾に、にゃ、とか付けたりするのか？」

もしかしてこの質問は失礼か？　と、後から後悔しはじめたのだが、ミルフィは驚くほど頬を赤らめた。

身体をくねくね、もじもじと恥ずかしそうにする。

え、これそんなセンシティブな質問だったの!?

「も、もう、初対面でそんなこと聞くなんて、は、恥ずかしいにゃあ!?」

「100点の回答をありがとう」

可愛さ◯　エロさ◯　語尾にゃ◎　たゆん◎

「そういえば、どうして私が穴に落ちてるってわかったの？　道から結構外れてたと思うんだけど……もしかして魔法？」

「いやそのなんだ……」

魔法という単語に、正直心が高揚していた。

やっぱりあるんだと。

だがそれよりも真実を話すべきか、少しだけ躊躇した。

見たところミルフィはいいやつそうだが、俺は、この世界のことをよく知らない。

『異世界ガイドマップ』について話していいのかどうかの判断がつかない。

だが、色々と教えてもらいたい気持ちもある。

そのとき、マップの横がチカチカしていることに気づいた。

クリックすると、ミルフィという項目が追加されており、ウィンドウを操作する。

『ミルフィ』

猫人族。極度の方向音痴。

持ち物：切れ味のいい短剣、お金、お守り。

装備品：茶色の布シャツ、デニムのショートパンツ、フリル付きの黒下着。

……おお。

最低限の情報って感じだが、こんなものも見られるのか。

てか、黒って……マジなのか？

「ミルフィ、最後にもう1つだけ教えてくれるか？」

「もちろん！　なんでもいいよ？」

「下着は、黒か？」

これは重要なことだ。

決してエロ目的ではない。

情報の確認だ。

いま俺から彼女の肌着は見えていない。

なのに表示されているのならば、これはとんでもなく有益な情報だ。

だからエロではない。

決して、違う。

断じて違う。

何度でも言おう。――違う。

「えぇぇぇぇ!?　い、いきなり!?　そ、そうだけど……もしかして見えてた？」

俺は、心の中でガッツポーズした。

って、それより――。

「俺はな――」

やっぱり俺は異世界人であることを話した。

突然、よくわからないやつから下着の話をされても怒るわけでもなく、照れるだけなのは優しい人で間違いないと感じたからだ。

時折相槌を打ってくれて、最後まで話を終えると、ふたたび号泣していた。

「そうだったんだ。ブラック企業って大変だったんだね……でも、大丈夫！　ここには私しかいないから！」

「ハハッ、そうだな。――ありがとう」

俺の話が涙腺に来たらしい。思わず笑いながら突っ込んだ。

ああ、やっぱりいいやつだな。

それから話は、俺の能力について。

「『異世界ガイドマップ』は初耳だけど、魔法は色々あるし、私が知らないのもいっぱいあるよ」

「そうか。それと、クチコミってわかるか？　その、単語的な意味でも」

「クチコミ？　いや、聞いたことないかも。私も、人間と言葉は変わらないから大体の言葉は知ってると思うけど」

「そうか……」

現代知識的なものはあまり浸透していないらしい。

また、マップも俺しか見ることはできなかった。

そしてクチコミの説明をしているとき、俺はミルフィの投稿を偶然見つけた。


『ミルフィ』
★★☆☆☆。
なんでこんなところに落とし穴があるにゃあ!?

でも、いい出会いもあったにゃあね。


「……ミルフィ、この森についてどう思う?」

「ふぇ？　なんでこんなところに落とし穴があるんだにゃって、怒ってる。でも、タビトと出会えてよかったけど」

なるほど、これで完全に理解した。

おそらくこの森で強く『感じたこと』や『考えたこと』が、クチコミとなって自動で投稿されるのだろう。

そしてそれを見られるのは俺だけ。

——これはかなりおもしろい。

戦闘向けではないが、十分にチートだ。

下手するとそれよりも良いかもしれない。

そして魔法が存在するなら、俺も習得できる可能性だってある。

うん、なんだかワクワクしてきたな。

「ミルフィ、俺は今から近くの国まで行くんだが一緒にどうだ？　夜までにこの森を抜けないと魔物がヤバいらしいが」

「もちろんだよ！　でもいつも道に迷うんだよねえ……」

「極度の方向音痴だもんな」

「ふぇ？」

けど、落とし穴って方向音痴と関係あるか？

まあいい、それより急ぐか。

しかしその瞬間、魔物と思わしき頭に角が生えている獣が飛び出してくる。

茶色で、犬よりもデカく、そして鋭い牙も生えていた。

「ガルルゥ！」

その瞬間、ミルフィが前に出た。

手にはすでに短刀を持っている。

「――勝負だっ！」

彼女は明るい声で言った。恐怖など微塵も感じていないとわかる。

だが不思議なことに、俺には彼女の動きがゆっくりに見えていた。

ミルフィは、なんなく魔物の攻撃を回避する。返しざまに頸動脈を切り裂き、問答無用で止めを刺した。

「勝ち、だにゃ」

所作に無駄はなく、また、命を奪うことにも手馴れているようだ。

これが——殺し合い。

心臓が高揚する。これが恐怖なのかどうかはわからない。

そして森からまた魔物が現れるとわかった。

なぜなら俺の地図に『！』が出現したからだ。

「ミルフィッ！　まだいるぞ！」

俺は、先ほど拾った血塗られた短剣を手にしていた。

チカチカとマップが光っている。

視線を合わせると、なんと——ミルフィのステータスを見たときと同じように、名前が表示されていた。

『魔狼』
ステータス：飢餓状態。
特徴：警戒心が強く、鋭い牙で人間を襲う。
弱点：右のこめかみ。

今まで喧嘩（けんか）なんてしたことはない。

なのに不思議と不安は消えて、身体が軽かった。

なぜか手にしっくりと短剣が馴染（なじ）む。

自分であって、自分ではない感覚。

——勝てる。なぜか、それがすぐわかった。

「タビト！」

「大丈夫だ、ミルフィ——」

誘導されるかのように身体が動く。驚くほど軽い。

そのまま無駄のない動きで、一撃で、絶命させた。

……ハッ、凄すぎるだろ。

前言撤回。どうやらガイドマップは戦闘でも使えるらしい。

しかしやけに動けた。それは、説明がつかないが。

「凄い！　タビト、強いにゃあ」

「あ、ああ。……みたいだな。でも俺よりミルフィのがヤバいぞ」

「え、そう？」

そのとき、ふたたびアナウンスが流れた。

『タビト』

レベル：2。
体力：C。
魔力：E。
気力：C。
ステータス：ワクワクドキドキ初めての戦闘に勝利。
装備品：布シャツ、布ズボン。
固有能力：異世界ガイドマップ、超成熟、多言語理解、オートマッピング。
マップ進捗率：魔の森（10％）。
マップ達成済：なし。
称号：異世界旅行者。
『マッピングが開始されました。超成熟ボーナスにより『旅行鞄』が追加されました』

「……『旅行鞄』？」

首を傾げながら文字をクリックする。

すると、生前よく使っていた黒い肩掛け鞄が、手元に突然出現した。

何か入っているのかと思い開いてみたが、まるで異次元に繋がっているみたいに中が真っ黒だ。

……もしかして。

試しに石ころを放り込んでみると、パッと消えた。

重さも感じない。そうか、これはもしかしてそういうやつか。

手に持っていた短剣を収納すると――。

血塗られた短剣。

1／100。

やはりそうだ。いわゆる空間アイテムみたいなものだろう。

こんなの強すぎるじゃないか。

つまり、敵を倒すとレベルが上がって、ステータスが向上する。

マップ進捗率に応じてスキルが増える、という感じだろう。

「ミルフィ、凄いことが起き――」

「どうしたの？」

すると、ミルフィが笑顔で魔狼の血抜きをしていた。

……は、早い。なるほど、素材ってことか。

「よし、俺も手伝う――」

「終わったよー？」

そう言いながら、グッと肩に掛けた。有能すぎる猫少女だ。

そしてもしかしてと思い、怪訝(けげん)な顔をしているミルフィから魔狼を受け取って、試しに旅行鞄に入れてみると、11／100と表記が変わった。

「す、凄いにゃあ!?　鞄に入ったのにゃあ!?」

やはり数値は体積に関係しているみたいだ。魔狼は10ってことか。
レベルが上がれば容量も増えていくはず。
これが俺の、俺だけの異世界ガイドマップ。

はっ――最高じゃないか。

『ミルフィ』
★★★★。
魔物との戦いはやっぱり楽しいにゃあ。
お腹すいたー、美味しい物食べたいー。
『タビト』
★★★★。
魔の森でいい出会いがあったぜ！
スキルも最高！
たゆんで目の保養もばっちりだにゃあ！

生前、旅行が好きだった俺は、初めて行く国、街、村、名所にいつも心躍らせていた。

しかしやがて滅多なことでは驚くことはなくなっていた。

でも今、この目の前に広がる風景は、今までで一番の衝撃だ。

「ブルドリフルーツやすいよー！」

「兄さん、その武器の手入れしようかー？」

「ほらほら、うちのドラ串食べてって！」

大勢が行き交い、商人が元気よく叫んでいる。ただそれだけじゃなく、ほとんどが武器を携えていることだ。剣や斧、鈍器に盾、まるでＲＰＧみたいだ。

看板の表記も見たことがないものばかりで、ただその場に立っているだけで興奮していた。

——ああ、すげえな。

「ふふふ、凄く子供みたいな顔してるよ」

「え？　ああすまん。ちょっと興奮してたぜ。マジで異世界なんだなあって」

ミルフィが、俺の顔をのぞき込む。やはり可愛い。

「ねえ、タビト好き嫌いはある？」

「え？　モフモフは大好物――あ、飯のことか……。いや、何でも好きだ。でも本当にいいのか？

俺、さっきも言ったように金は持ってないんだが……」

オルトリアという王都に辿り着いたあと、俺のお腹がぐぅと鳴った。

そしてなんと、ミルフィがご馳走してくれるとのことだ。

まさか転生直後にヒモになるとは思わなかったが。

「大丈夫！　命を助けてくれたんだから礼ぐらいさせて！」

「っても、落とし穴から助けただけだろ」

「ううん、本当に死ぬところだったよ。ありがとね」

「そうか……ならありがたく受け取るよ」

「後で魔狼の素材を売りにいくから、わけわけもできるし！」

「ああ、なるほどな。だから解体してたのか。さすがだな」

「ほ、褒めても何も出ないにゃあ……！」

感情が高ぶると猫化するらしい。

……可愛すぎるだろ。

だが目を離すとすぐに俺から離れていく。

極度の方向音痴は伊達じゃないな。

この王都に来たのはミルフィも初めてらしく、街についてはよくわからないという。

彼女いわく、この世界のご飯屋さんはたいてい運任せで入るしかなく、旅人や冒険者からぼったくる酷い店が多いという。

しかし――俺だけは違う。

「じゃあ『クチコミ』お願いしていいかな？　美味しいの食べたいっ！」

「おう、任せとけ」

旅先での食事は大切だ。胃袋が満たされるだけでなく、美味しい物を食べたときの幸福感は何よりも得難い。

もちろん健康面も大きく影響される。

まずは、目の前にある店に視線を向けた。

店内は結構混雑しているみたいだ。さて、どうだか――。

『トルニアキッチン』
２・９★★★☆☆（７８４５）
『Ｅ級冒険者』
★★★☆☆。
おすすめはミルクパン、モチモチの食感と甘さが口に広がる。だがちと量が少ない。

『Ｃ級冒険者』

★★★☆☆。
ミルクパンはうまい。アットホームでくつろげる雰囲気。ただし、店内の混雑によりゆっくり食事を楽しむのは難しい。

『王都民』
★☆☆☆☆。
観光客向けの店で、地元民にはあまり愛されていない。

『E級冒険者』
★★☆☆☆。
ミルクパンは確かに美味しいが、他の料理にはあまり期待できない。味のバリエーションが少なく、物足りなさを感じる。


「タビト、ここ入る？」

「んー、悪くないんだが、もう少し見ていいか？」

「美味しい物食べたいから、ゆっくりで大丈夫だよ！」

どうやら気持ちは同じらしい。

観光がてら国を散策していく。

マッピングが広がっていくのが存外楽しい。

クチコミやアイコンが増えていくたびに、ついニヤニヤしてしまう。

これなら1日中歩けそうだ。

そのとき、凄く綺麗なレストランを見つけた。

木造りで、温かみが感じられて、テラスもある。

ミルフィも同時に声を上げた。

「なんだか、落ち着きそうな感じだねえ」

「確かに、よさそうだな」

よし、確認確認っと。

『エドリのレストラン』
1・1★☆☆☆☆（7989）
『E級冒険者』
★☆☆☆☆。
パンが硬すぎる。

『C級冒険者』
★☆☆☆☆。
泥みたいな味がする上に高すぎる。

『王都民』
★☆☆☆☆。

地元の住人たちからは敬遠されている。

「……ダメだな。あまり良くないみたいだ」

「そうなの？　見た目じゃわからないもんだねえ」

もしクチコミがなければ入っていただろう。やはりこの能力、凄い。

あやうく――――ん？


『C級冒険者』
★★★★。
飯なんかどうでもいい。店員のたゆんが大きい。

『D級冒険者』
★★★☆。
たゆんを見るために金を払いに行っている。

『F級冒険者』
★★★★。
たゆんが最高、飯は食べなくてもいい。

「ここにしよう」

「え、でもさっきダメって――」

「いや、高評価もちらほらあるみたいだ」

俺は静かに呼吸を整え、店に入ろうとした。

そのとき、視界の先、女性店員を見つける。

――たゆんが、大きい。

はははは！　最高だ、この能力！

最高じゃないか!!

「――今日は上がりますね。お疲れ様でしたー」

だがその瞬間、俺の横をたゆんが通り過ぎていく。

次に現れたのは、ガタイのいい男だ。

「どうぞ、お2人さんいらっしゃいー」

「すみません、店内に他の給仕さんはいらっしゃいますか？」

「え？　オレだけですけど」

「また今度来ます。必ず」

「え？　ちょ、ちょっとお客さん!?」

そして俺は、ミルフィを連れてその場を去った。

「ど、どうしたのタビト!?」

「俺は最善の選択をしたんだ」

「よくわからないにゃあ……」
ミルフィのお腹がぐぅと鳴る。
すまない、人類はたゆんに勝てないんだ。
しかしあまり待たせるのはミルフィのお肌にも良くない。
もしかしたらモフモフにも。
ちなみに悲しいときにも、にゃあが出るみたいだ。
そのとき、小さな食堂を見つけ、クチコミを開く。

『アンネの小さな食堂』
5・0★★★★★（245）
『冒険者ギルドの料理評論家』
★★★★★。
まさに隠れた名店。小さな店舗ながら、驚くべき料理が楽しめる。
また、リーズナブルな価格にも驚かされること間違いなし。
『A級冒険者』
★★★★★。
誰にも教えたくない食堂。
値段も手ごろでメニューも豊富。

『B級冒険者』
★★★★★。
スープも肉もパンもとにかくうまい。

毎朝ここで食べるために生きている。

『S級冒険者』
★★★★★。
私が今まで訪れた国の中でも最高の食事。

最高の接客、最高の時間。

『王都民』
★★★★。
平日は地元客でいっぱい。

週末の夜は家族みんなでディナー。


「――ここしかねえ、行くぜミルフィ」

「やったあ！　腹ペコペコにゃあ！」

ご機嫌で店内に入ると、確かに狭かった。

名前の通り食堂って感じで、カウンター席とテーブルがいくつか置いてある。

だがここにいる人たちは、みな高そうな装備を身に着けている。

つまり、お金を稼いでいるということだ。

そんな人たちがわざわざここで食べているということは……。

なるほど、これは当たりの予感しかない。

空いているところに座って、壁に書いていたおすすめメニューを頼んだ。

日替わりで値段も手ごろ、メインの肉にパンやスープが付いている。

待ち時間もほとんどなく、香ばしい匂いと共に、プレートが置かれた。

「どうぞ、冷めないうちにお召し上がりください。飲み物とパンのお代わりは自由なので、気軽におっしゃってくださいね」

給仕のお姉さんは、凄く笑顔だった。丁寧な接客で、気持ちがいい。

簡単な説明だったが、出された食事は元の世界に見劣りしないくらい豪華なものだ。

パンはふっくらしていて、手に取るとほどよい温かさでモチモチしている。

ちぎるというよりは、ふわっと外れていく。

スープも野菜がゴロゴロ、肉はびっくりするほど大きく、だけど中まで柔らかい。

気づけばお代わりしまくり、なのにお姉さんは嫌な顔一つせず、むしろ笑顔で対応してくれた。

「ありがとうございました。お2人さん、初めましてですよね。私の名前はシルクです。良ければ、またいらしてくださいね」

「もちろんです。シルクさん、ありがとうございました」

「最高だった！　また来るにゃあ！」

店を出たあと、俺たちは満腹のお腹をすりすり。

本当に美味しかった。

それに、最高すぎるぜ異世界ガイドマップ。

「タビトのクチコミがあれば、もしかしてハズレなしなんじゃない？　これからもずっと一緒に旅したいくらいにゃ！」

何気なく言ったミルフィの一言。

だが俺にとっては本当に嬉しかった。

「俺もだよ。ミルフィとなら楽しそうだ」

すると、彼女が何かもじもじしていた。

どこか恥ずかしそうに。

「どうした？」

「え、ど、どうかなと思って……」

「ん？　あ、マジで言ってくれてたのか？」

「もちろんだよ？」

外見は異世界人でも、中身は日本人なので社交辞令だと思っていた。

ありがたい、ありがたいが、俺でいいのだろうか。

「俺もミルフィと一緒なら楽しいと思う。１人だと色々と不安だからな。でも、俺はこの世界のことを何も知らない。自分で言っておいてなんだが、絶対に迷惑がかかると思う」

「それはお互い様だよ。今のクチコミがなければ、私も何もわからなかった。それに私を助けてくれたのは、タビトでしょ」

「ありがとな。そう言ってくれて」

「本音だにゃあ！」

是非よろしくと返事をしようと思って、止まる。

一緒に旅といっても、俺には目的がない。だから、行き当たりばったりでも構わない。

でも、彼女はどうだろうか。

「ミルフィは旅の目的とかあるのか？」

その質問に対して、彼女は少しだけ悲しげな表情を浮かべた。

「私は、同じ猫人族を探してるんだよね。今まで一度も会ったことなくて」

「そうなのか？　ん、でもあの人は？」

俺は、道を歩いていた猫耳の人に視線を向ける。だが、ミルフィは首を横に振った。似ているが、自分とあの人は違う種族だという。

……いや、待てよ。

「だったら、俺のクチコミなら探せるかもしれない。もし猫人族の書き込みがあれば、すぐに伝えられるしな」

「ほんと？　嬉しいにゃああ！」

すると、ミルフィが抱き着いてくる。

グッ、何という攻撃だ。

「あ、で、でもいいのかにゃ？　タビトは何かしたいこととかあるの？」

「そうだな。したいことか」

と言われても、何もわからない。そもそも、なぜこの世界に来たのか。

けど、異世界ガイドマップはめちゃくちゃ楽しい。

思えばこんなにも時間がゆっくり流れているのは久しぶりだ。

そのとき、ハッと旅行本を思い出した。もしかして、この異世界にもあるのだろうか。

なければ、作ってみたいかもしれない。

こういった場所をメモしておけば、この世界で凄く有益なんじゃないか？

異世界ガイドマップならぬ、ガイドブックか……。

まだミルフィに伝えるには恥ずかしいが、少し考えてみよう。

ひとまずは、今を楽しみたい。

「なら俺はやりたいことを探すよ。ミルフィは仲間を探す。これなら、一緒に旅で叶（かな）えられるだろう」

「うん！　あ、でもそこまで急いでないのにゃ！　美味しい物食べて、観光して、楽しく探したいし！」

ひょんなことから出会った彼女だが、どうやら俺たちはいいパートナーになれそうだ。

それにしても食堂も『凄かった』な……。

最後に良いクチコミを見つけてよかったぜ。

『ミルフィ』
★★★★★。
お代わり自由でなおかつ美味しいなんて最高。
また行く！
旅の仲間もできたにゃあ！
『タビト』
★★★★★。
最後に見つけた『クチコミ』通りだったぜ。
シルクさんの接客が最高だった。
また来るぜ！　飯は全部が美味しい！
旅の相棒もできて幸せいっぱい！
これからおすすめの店をメモしておくことに決めたぜ！
『地元住民の大ファン』（タビトが入るきっかけになったクチコミ）

★★★★★。
アンネの小さな食堂は王都でも随一の名店。
毎回の食事が幸せな時間になり、リラックスした雰囲気が心地よい。
シルクさんがとても可愛く、たゆんも大きくてスタイル最高。
とにかく彼女に癒（いや）されます。

『リルドおっさんの宿泊所』

4・7★★★★★（457）

『E級冒険者』

★★★★★。

おっさんの愛想がいい。ベッドが綺麗。水も使い放題。

『王都を知り尽くしたC級冒険者』

★★★★★。

ここは王都の穴場！

おっさんのおかげで地元の人とも仲良くなれた。場所はちょっとわかりにくいけど、それがまたいい感じ。

『ただのおっさんのファン』

★★★★★。

オルトリアの拠点はここ以外ありえない。

中心街から少し離れているが、それもまた静かでいい。
『おっさんの元気な声が忘れられないF級冒険者』
★★★★☆。
ふらっと見つけて入ったが、かなり良い。
おっさんがちょっとだけ元気すぎるが、おかげで思い出し笑いができる。
ちゃんとメモもしておく。いつか、必ず使えるはずだ。

「しかし、まだねむい……って、ミルフィ!?」
「すぅすぅ……」
ふかふかの白いベッドで目を覚ます。
昨晩、最高の宿を見つけたのだ。色々と癖のある文言だったが。
しかし部屋は個室、ウェルカムドリンクも付いていた。
それより、俺の横にミルフィが寝ていた。
昨日は別々のベッドで眠ったはずだ。
もしかして……好きなのか？　俺のことが好きなんだろうか？
出会ってすぐに好かれるほどのイケメンなのかもしれない。
確かに今の俺はかっこいい。身長も高いし、性格も良いし、何より優しい。
そうか、罪な男だ。

「――くしゅん」

その瞬間、俺は気づく。

「……寒いからか」

「ふにゃ、おはようタビト」

「おはよう。なんで俺のベッドに」

「寒かったからぁ。タビトはあったかいにゃあ」

もしかして寝ているとき、彼女は俺にくっついていたのだろうか。

……今夜は夜更かし決定だな。

ミルフィはあくびをしながらベッドから降りると、柔軟体操しはじめる。

凄い可動域。さすが猫人。そして白いふともも、最高。

「それにしてもいい宿だね。これで1泊、1人銅貨5枚だなんて、信じられないよ」

「確かにな。クチコミ通りだ。いろいろと――」

「がはは！　そうか、お前さんたち初めて王都に来たのか！　これも食え！　おうおう、これも食え食え！」

1階に降りると、筋肉ムキムキの宿主、リルドが朝食を用意してくれていた。

王都で人気のミルクパンとクリームスープ、さらにお代わり自由のサラダが付いている。

ちなみに朝ご飯は無料だ。

至れり尽くせり。クチコミ通り素晴らしい。

「リルドの親父さん、最高だなこの宿泊所」

「だろう！　オレ好みに仕上げたからな！」

「本当にいいところだよー。気に入ったにゃあ！」

「つたく、お前らいいやつじゃねえか！　ほら、これも食べろ！」

そう言ってリルドは、さらにパンを追加してくれた。

あと100回は褒めよう。

「でも、なんでこんなに安いんだ？」

「オレは昔、冒険者をやっててな。宿泊所ってのは、どこも足元を見やがる。アコギな商売しやがってと思ってたからよ。安い宿を作ってやりたかったんだ」

「なるほど、確かにどこも高かったな……」

昨晩、クチコミを調べながら歩き回ったが、値段が高いとか、突然キャンセルされてしまうとか、低評価ばかりだった。

その中で、この宿だけは悪いクチコミが一切なかった。

夜にも関わらず元気なリルドに案内してもらって、というわけである。

「当分王都でゆっくりするんだろ。何かあったらおっさんに聞きな！　冒険者は引退したが、知ってることは全部教えるぜ！」

「ありがとう、リルドの親父さん」

「おっさんでいいぜ！」

「ありがとう、おっさん」

「順応が早いな」

元気なおっさんだ。だがふと視線を下に向けると、右足が義足だった。

そのことは、クチコミにも書かれていた。

過去、任務に失敗して傷を負ったらしい。

俺も男だ。冒険者には憧れがある。だがこの世界は現実、そう簡単ではないのだろう。

おっさんのおかげで朝から楽しいが、気を引き締めるべきだとも思った。

「タビト、準備できたよ！」

「ああ行こうか」

朝食を終えて、準備もバッチリ。今日は魔狼の素材を売りにいく。

それから少し街の散策だ。

まだ王都のことは詳しく知らない。

クチコミがあれば、もっとよりわかるだろう。

「ちょいと待ちな若者」

「ん？」

するとおっさんがどこかに消えて、また戻ってきた。

その手には……服？

「がはは！　似合うじゃねえか！」

「おお、動きやすいな」

「タビト、凄く似合ってるよ」

「おっさん、本当にもらっていいのか？」

「さっきの服ボロボロだったからな。血もついてたし、洗濯しといてやるよ」

「至れり尽くせりおっさんだな」

「がはは！　リルドの兄貴って呼びな！」

「ありがとうおっさん」

俺は、新しい茶色い服の上下に身を包んでいた。

聞けばおっさんが初心者冒険者時代に着ていたものらしい。

本当か……？

「でもこれ、右足だけやけに短いけど、まさか――」

「がはは！　気にすんな気にすんな！」

「まあでも、これもダメージジーンズみたいでかっこいいぜ。――じゃ、行ってくる」

「おうよ！」

『ミルフィ』
★★★★。
ベッドがふかふかで最高にゃあ。
朝からボリュームたっぷりのご飯嬉しいにゃ。
『タビト』
★★★★★。
値段も安くてベッドもふかふか。
おっさんの愛想もよくて完璧。
ほどよい寒さも、おっぱい的には最高だぜ！

素材買取所に移動、ミルフィが交渉していた。

「こちらの買取価格は、そうですね。４０００ギールでいかがでしょうか？」

「もうちょっとだけ！」

「そうですねえ、でしたら４６００では？」

「もう一声っ！」

「なるほど、では５０００で」

「グッドにゃ！」

俺に向かってガッツポーズ。

入口は木の外観の普通の建物だったが、中に入ると驚くほど血の匂いが充満していた。

床は赤黒く滲んでいて少し怖い。

大柄の男だらけかと思ったが、女の人もいるみたいだ。

昨晩、通貨のことを教えてもらった。

複雑で、ギールと呼ばれるのが、いわゆる日本の円のような通貨単位らしい。

他に流通しているのは、銅貨（1枚で100ギール相当）、銀貨（1枚で1000ギール相当）、金貨（1枚で1万ギール相当）。

さらに、上金貨（10万ギール相当）があるらしい。

国によって取り扱いも違うらしいが、基本的にはどちらも使えるとのことだ。

『冒険者ギルド素材買取所』
3・5★★★★☆（57989）
『E級冒険者』
★★★☆☆。
王都価格って感じ、まあまあだな。

『C級冒険者』
★★★☆☆。
交渉次第で少し増える。

『D級冒険者』
★★★☆☆。
買取時間が短くて良いが、価格は普通。

『A級冒険者』
★★★☆☆。

可もなく不可もなく。

クチコミは普通って感じだ。

悪いときもあれば、良いときもある。

素材は時価みたいな感じらしいので、仕方ないだろう。

国に1つしかなかったので、比較対象はなかった。

少しだけ待って、お金に換えてもらい、すぐ外に出た。

「結構儲かったねえ！」

「レアだったんだな、あの魔物」

「同じ個体でも違いがあるからね。あ、これ、タビトの取り分、わけわけね！」

「ん？　いや半分もいらないぞ？　だって、倒したのほとんどミルフィじゃないか」

「のんのんのん、私たちは仲間だよ。宿とかご飯を選んでくれている分、多く取ってほしいくらいだよ。節約にもなってるし」

ミルフィはやっぱりいいやつだ。いつも笑顔で、嫌味がまったくない。

可愛いし、『すげえ』し。

俺は、少しだけ考えて、ミルフィに提案する。

「だったら、お願いがあるんだが」

「なあに？」

に助かるだろう」

「2人で共有貯金しておかないか？」

「共有貯金？」

「何かあったときのために、少しずつ共有で貯めておくんだ。今回は初めだし、５００ギールずつくらいでいいだろう。もちろん必要なら使えばいいが、どちらかが怪我をして動けなくなったときに助かるだろう」

お金は大事だ。ブラック企業勤めのときにそれはわかっている。

これから俺たちは旅を一緒にする仲間となる。

戦い続けていたら怪我もするかもしれない。

お互いに動けなくなったとき、蓄えがあると楽になる。

こういった取り決めはできるだけ最初にしたほうがいい。

「……凄い！　そんなこと考えたこともなかった。私はタビトの考えに賛成！」

「ありがとな、ミルフィ」

そう言って彼女は喜んで差し出してくれた。

俺の言葉を決して疑わず、何でも聞いてくれるいい子だ。

何で今まで1人だったんだろうかと不思議になる。何か、理由があるのだろうか。

猫人族のことも含めて、少し聞いてみたいな。

「そういえばあの買取所は誰でも利用できるのか？」

「冒険者の登録証明が必要だよ。ええと、こういうの」

ミルフィはそう言いながら、金色のドッグタグのようなものを見せてくれた。ずっと首からさげていたのか。模様がついている。剣と盾のマークだ。

「へえ、かっこいいな。冒険者には誰でもなれるのか？」

「試験はあるけど、そこまで難しくはないよ。どこも人手不足だからね」

「人手不足？　魔物が多いからってことか？」

「それもそうだし、すぐ死ぬから」

「……なるほど」

やはり『死』はこの世界において身近な存在らしい。

改めて気を引き締めよう。

「とりあえずまた昨日の続きで、観光しながら猫人族の手がかりを探すか。ミルフィは行きたいところあるか？」

「んー、武器の手入れかな？　血がついて切れ味が悪くって……。だから、武器防具店に行きたいかも」

「よし、じゃあ俺がいいところ探すよ。ついでに俺もなんか揃えておきたいな」

殺された冒険者の血塗られた短剣をずっと使うのもちょっとな……。

「そういえばタビト、いい動きしてたよね。前の世界でも、戦ったりしてたの？」

「いや、全然だ。そうだよな、なんで俺……強かったんだ？」

「ふふふ、変なの」

見たところステータスに戦闘系のスキルはない。
なのにミルフィの攻撃はゆっくり見えたし、身体も軽かった。
……なぜだ？
考えても仕方ないが、いつのまにか裏道に入っていたことに気づく。
行き止まりだ。
俺としたことが、ガイドマップがあるのにボーっとしすぎていた。
戻ろうとすると、屈強な男たちが、なぜか前に立っていた。
こいつら……買取所で俺たちを見ていたやつらだ。
どうやら後をつけられていたらしい。
銀行でお金を下ろしたあとは気を付けろってことだな。
「よォ、仲のよろしいことで」
「とりあえず持ち物全部おいてってーー？」
「ぎゃっははは、命までは取らねえよ」
男たちは小さなナイフを取り出すと嬉しそうに笑った。
左右の道はかなり狭い。
俺たちを本当に殺す気なのかはわからないが、かなり手馴れているとわかった。
選択肢は２つ、戦うか、差し出すか。
俺が大金を持っていれば間違いなく前者。

だがそこまでじゃない。

人数差と地の利を考えると、穏便に済ませたほうがいいだろう。

と、思っていたが――。

「――お小遣いゲットだにゃあ」

隣にいたミルフィが、いつもとは違う笑みを浮かべて、その場でしゃがみ込んだ。

もしかしてと思った次の瞬間、背中を丸めた。

直後、とんでもない速度で――飛んだ。

人間ではありえない跳躍力。

根本的に違う種族だということをすっかり忘れていた。

身体の作りがそもそも違うのだろう。

元の世界では、色んな国へ行った。その中で色々見てきた。

ボクシングやプロレス、レスリングに喧嘩も。

けど、そんなのは比じゃない。

――これが、本当の戦いか。

「ぐぁあっあああ」

「うぉぁあぁっあ」

「――がぁっああ……ひ、ひいい」

ミルフィは、相手の攻撃を軽々と避けていた。

しなるような動きで相手を殴打、瞬殺していく。

「命までは取らないよ。けど、全部、出すにゃ」

そう言ってミルフィは、1人の男の横顔を踏んづけた。

……ちょっとだけうらやましいが、今これを言うべきではないことはわかっている。

男は、気絶している仲間の懐から必死に金を取り出すと、むき出しのギールを手渡した。

そんなに多くなく、少しだけ同情を誘う。

「まだ、あるでしょ？」

「ひ、ひいい、す、すいません」

男は靴からもギールを取り出した。

よ、容赦ねえ……。

そのとき男が、ミルフィの胸のペンダントを見て、さらに声を上げた。

「へ、へえ、あはあ、え、A級!?」

「——おやすみにゃ」

瞬間、男はふたたび蹴りつけられて——意識を失った。

ミルフィ、こ、こえええ！

な、なに!? え、俺の相棒ってこんなつええの!?

つうか、マジで容赦ねえええええ。

何者!? いやミルフィだけど!?

「さて、いいご褒美タイムだったにゃ」

「正当防衛ではあるのか……てかミルフィって……A級なのか？　いや、それが凄いのかはわからないが」

「ま、腕っぷしだけは自信があるよ。それだけだけど」

「……かっけえな」

「にゃ、にゃあ!?」

もじもじミルフィ可愛い。

俺は冒険者のことは知らない。

けど、あの怯えた感じを見る限りでは、A級は相当ヤバいんだろうな。

というか何であんな跳躍力があって、落とし穴なんかに落ちていたんだ……。

雨で地面が濡れていたと言えば、確かに濡れていたか？

するとミルフィが、ギールを手渡してくれた。

「はい、分け前の半分」

「……これもらっていいのか？」

「もちろんだよ。仲間だしね。こういうのは、この世界では当たり前」

「そうか。なら、ありがたく頂戴しておくか」

「それか共有貯金する？」

「ハハッ、賛成だ」

「さて、憲兵に伝えにいこっか」

「ほんと容赦ないな。そもそも、事後でも信じてくれるのか？　疑われないか？」

「A級は信用もあるからね」

「かっけえ……」

『大通りから外れた小道』
1・1★☆☆☆（47987）
『E級冒険者』
★☆☆☆。
変なやつに絡まれて金を取られた。最悪だ。

『D級冒険者』
★☆☆☆。
クソ、こんな道に迷いこまなきゃ。

『捕縛された元B級冒険者』
★☆☆☆。

仕掛けた相手がまずかったぜ。
なんだあの猫女。
クソ、終わった……。
『捕縛された元C級冒険者』
★☆☆☆。
A級冒険者とは思わなかった。
強すぎんだろ。
『捕縛された元C級冒険者』
★★☆☆。
金、全部取られた。
でも、顔を踏まれるのって案外気持ちいいかも……。

『！』『！』『！』『！』

「タビト、下ばかり向いて何してるの？」

「ああ、ちょっとな。1つ聞いておきたいんだが、落とし物を自分のものにした場合、法律とかはどうなってる？」

「ふえ？　落とした時点で拾った人のものじゃないの？」

「それは狩場でも、王都でもか？」

「そう思うよ。自己責任だしね」

やはりそうか。

この世界は弱肉強食。

落とし物＝フリー＝お前のものは＝俺のもの。

俺は、街のいたるところで落ちているギールを拾い集めていた。

「これも、あれも、これもだ」

もちろん、普通の落とし物っぽいものは自分のものにはしない。後でちゃんと然（しか）るべきところに提出させてもらう。

だが誰が拾ってもわからないようなものはいいだろう。

これも、俺の能力の1つなのだから。

するとそのタイミングで、ステータスに称号が増えた。

おお、新スキルか!?


称号『小銭拾いの達人(いやしんぼ)』が追加されました。

…………。


「あれタビトどうしたの？　顔、死んでるよ」

「何でもない」

ふうとため息を吐く。すると前で、花売りをしている少年少女がいた。

「お花を買ってもらえませんかー、銅貨1枚ですー」

「一輪くれないか。料金は、これ全部だ」

「え、こ、こんなにはいりませんよ!?」

「気にするな。この花にはそれだけの価値がある」

「あ、ありがとう！　お兄ちゃん！」

俺は、ちらりとウィンドウに目を向ける。

『小銭拾いの達人(いやしんぼ)』が、ガタガタと揺れている。だが、消えてくれない。

クソ、足りないのか？

……ならば。

「こ、これもあげよう」

「え、これって……銀貨!?」

「ああ。お花、もっと売れるといいな」

「うん！」

――称号『ちょっとだけ優しい心を持つ男』。

ふう……。

ステータスめ、まるで俺の心を見透かしているようだ。

誰に見られるわけでもないが、数値を見るたびに変なことが書いてあると、今後のテンションに関わってしまう。

気力は大事だ。旅は、それだけで楽しさが変わる。

しかし異世界ガイドマップ、予想をはるかに超える有能さだ。色んな意味で。

そのとき、またもやアナウンスが流れる。

『マッピングがさらに拡大されました。超成熟ボーナスにより『エリアピン』が追加されました』

エリアピンとはなんだ？

ミルフィに声をかけ、足を止めた。

聞き慣れない単語だ。超成熟と同じで、直感的にはわからないな。

『タビト』
レベル：2。
体力：C。
魔力：C。
気力：E。
ステータス：超、超超、イイ感じ。
装備品：茶色の布シャツ、右丈の短い茶色ズボン。
固有能力：異世界ガイドマップ、超成熟、多言語理解、オートマッピング。
マップ進捗率：オルトリア王都（5％）、魔の森（30％）。
マップ達成済：なし。
エリアピン：1／1。
旅行鞄：11／100。
称号：異世界旅行者、ちょっとだけ優しい心を持つ男。
ステータスを見てみると、確かに追加されている。
数値が1／1ということは、これから増えていくということだろうか？

ピン、ピンか……もしかして。

俺は、その場で地図を開く。

予想通り、右下に1本の青いピンのアイコンが増えていた。

それを指で動かすと、王都の入口でピタっと止まる。

いやむしろ、ここ以外では止まらない。

もしかして、国にしか置けないってことか？

「……ふむ？」

そのまま手を離すと『オルトリア王都にエリアピンを刺しますか？　はい／いいえ』が出現した。

『いいえ』にしてみると元に戻ったので、選択肢は『はい』しかありえない。

不安もあったが『はい』を選択すると、青いピンが刺さった。

しかし何も起こらない。ふたたびピンをクリックしてみると、どうやら選択ができるみたいだ。

その瞬間、カウントダウンが目の前に現れた。

『10秒後に移動します。戦闘状態になった場合は、強制的に解除されます』

10秒後に移動？　一体、何が起こる!?

「マズい、ミルフィ」

「え、どうしたのタビ――」

突然、視界が切り替わった。

ミルフィの声が途切れたかと思えば、俺は――オルトリアの入口に立っていた。

門兵が、不思議な顔で俺を見つめている。

「……ん？　お前、今どこから来た？」

「え、いや――」

「高速移動魔法か、透明化か？　若いのに凄いんだな」

「はは、ははは」

今のが魔法？

もしかして……。

急いで地図を開く。

そこには『オルトリア王都』のピン。ふたたびクリック。

だが何も起こらなかった。

代わりに『再移動可能時間まで、残り23時間58分34秒』と表示された。

……そういうことか。これで、すべてが繋がった。

俺は急いで入国して、ミルフィを探して声をかけた。

「タビト、どこ行ってたのにゃあ!?　突然消えたよね!?」

「悪い悪い。ミルフィ、この世界に魔法で瞬間移動ってあるのか？」

「瞬間移動？」

「たとえばいま俺たちがいる場所から、宿屋や狩場、他の国に瞬時に移動するみたいなことだ」

「聞いたことはあるけど……見たことはないかな。それこそ、大賢者とかならありえるかも」

「大賢者？」

「偉大な人物に付く称号だよ。世界で1人か2人しかいないんじゃないかな？　え、タビト、今移動魔法使ったの!?」

「ああ、みたいだ」

「ふえええ!?　凄すぎにゃああ!?」

エリアピンという名前、王都で使えたということは、村や町でも使えるかもしれない。

数値があるということは、これから増えていく。

いっぱい刺せば、俺は瞬時に、どこでも移動できるということになる。

――はっ、凄すぎるだろうが。

誰もが一度は思ったことがあるはずだ。一瞬で、どこか遠くへ行ってみたい――と。

まさか、それが叶うなんて。

……やっぱりこの能力、すげえな。

俺さえ頑張れば、この世界のどこの国でも移動できるようになるってことか？

それと、いま俺は1人で瞬間移動した。

もしたとえば、誰かと手を繋いでいたりしたらどうなるんだろうか。

試したい、試したいが、1日待たなきゃいけない。

気になるが、こういった歯がゆいのも楽しいな。

すると、ミルフィがなんだか申し訳なさそうにしていた。

「どうしたんだ？」

「え、いや……正直、移動魔法も使えるとなると、たくさんのパーティーからのお誘いを受けると思うよ。私なんかと一緒にいていいのかなって」

なるほど、それが心配だったのか。

まったく、まだわかっていないんだな。

「……俺はミルフィと一緒に旅がしたいんだ。そうはならないよ」

元気で明るくて、それでいてこうやって気が遣える人にはそう会えないだろう。

人と人は引き寄せ合うと思っている。この縁を、俺は大事にしたい。

「ほんと？」

「ああ、もし仮に誘われることがあったとしてもミルフィと一緒にだ。俺たちはもう仲間だろ」

「えへへ、嬉しいにゃ！」

A級の彼女がこれほど褒めてくれるってことは、かなり凄いんだろう。

なのに、まだまだこのスキルは発展途上なはず。

さて、楽しみだぜ。

「よしミルフィ行こうぜ！　まずは武器防具店に！」

「にゃにゃ！」

『ミルフィ』
★★★★★。
タビトが移動魔法を使ったらしいけど凄すぎ。
私なんかと一緒にいていいのかな。
優しくて、本当にいい人。
『タビト』
★★★★★。
想像よりもガイドマップが優秀すぎる。
これってもしかして、旅をしながら商人とかもできるんじゃないか？
これからが楽しみだぜ！

「タビト、あそこはどうかな？　人も多いみたい」

「おお、めちゃくちゃデカいな」

元の世界と違って異世界にはチェーン店のようなものが存在しない（ミルフィいわく）。

なので、色んな国へ行ったとしても、安心できる店がないのだ。

普通なら運に頼るしかない。だが、俺だけは違う。

ミルフィが指を差した装備屋は、とても立派な外観だった。

デカい看板に入口、人がひっきりなしに訪れている。

いつもなら先にクチコミを確認するのだが、興味があったのでとりあえず中へ入ることにした。

「すげえ、これが武器と防具か。思ってたよりもいかついな」

店内は広くて、壁には斧や剣、盾やこん棒が飾られていた。

パッと見た感じでも、品揃えが良いとわかる。魔法使いの杖（つえ）を発見して、心が躍った。

「何かお探しですか？」

話しかけてくれた店員さんも愛想がいい。清潔感もあって、笑顔も綺麗な女性だ。

この人だけでも星4つはある――。

『オルトリア武器防具店』
1・4★☆☆☆☆（14566）
『C級冒険者』
★☆☆☆☆。
ここで買った武器が1日で折れた。
アフターサービスもない。
『D級冒険者』
★☆☆☆☆。
武器の手入れが全然されてない。
新品だと思ったら中古だった。
『C級冒険者』
★☆☆☆☆。
相場よりかなり高い。
絶対に行かないほうがいい。
手入れも全然ダメ。

「こちらのバトルアックスは、機能が新しく――」

「ほうほうにゃあ――ふぇ!? どうしたのタビトおおおお」

「すみません、予定ができました。行くぞミルフィ」

急いで外に出たあと、彼女に説明する。

「なるほど。やっぱり見た目じゃわからないねえ」

「よくあることだな。次探そうか」

「武器を整えるだけだから別にどこでもよかったよ？」

「ちゃんとしたところで見てもらったほうがいい。武器っていっても、思い入れあるだろ」

「……なんで知ってるの？」

昨日、敵を倒したあと、丁寧に血を拭いているのを見ていた。

それだけじゃなく、刃こぼれを気にしていたり、所作が丁寧だったのだ。

「気づいただけだ。ほら、行こうぜ」

「……ふふふ、タビトは優しいにゃ」

マップは個別で検索もできるらしいので、装備屋を検索。

いくつも色がついて表示される。

「よし、次は東の店へ行こう。足は大丈夫か？」

「問題ないよ！　1日中歩いても平気にゃ！」

確かにミルフィのふともも柔軟性がありそうだ。むちむち！

それから俺たちは、色んな装備屋を回った。

『エリアの武器屋』
2・4★★☆☆☆（7894）
『E級冒険者』
★★☆☆☆。
そこそこ安いが、防具がない。
『C級冒険者』
★☆☆☆☆。
買った剣がすぐ折れた。

『ドルストリの防具屋』
2・7★★★☆☆（5788）
『E級冒険者』
★★☆☆☆。
防具専門、値段は少し高い。
『D級冒険者』
★★★☆☆。

買取はいいが、販売品は手を抜いている印象。

だが納得いくところがなかった。
いやむしろ、今まで当たりを見つけすぎていた。
元の世界でも良い店はそうそう見つかるものじゃない。
だがそのとき――。

『ミリの秘密商店』
4・9★★★★★（476）
『B級冒険者』
★★★★。
値段も安いし、質がいい。
『S級冒険者』
★★★★。
魔石を組み込んでくれたり、レア武器や防具を置いている。
数こそ少ないものの、質がかなり良い。
『A級冒険者』
★★★★。

王都で装備を買うならここしかない。

他は行く意味がない。

『リルド』
★★★★。
昔馴染（むかしなじみ）がいる武器防具店。

店主は少しおっかねえが、意外に優しいとこもある。


「ミルフィ、めちゃくちゃいいとこ見つけたぜ」

「え、ほんと？」

リルドって聞いたことがあるような……そうか、宿屋のおっさんだ。それにS級とA級は初めて見た。これはかなり信憑性（しんぴょうせい）が高いだろう。

表示されているマップでは、小道を通った先にあるとわかった。

絡まれた思い出も蘇（よみがえ）るが、ミルフィがいれば怖いもんなしだ。

そういえば、魔の森のクチコミにもミルフィの名前が書かれていた。

もしかして知り合うことで、名前が表記されるようになるのだろうか。

少し歩くと、黒猫の絵にミリと書かれた看板を見つけた。

「し、失礼しまーす」

緊張しながら扉を開く。

中は何というか、狭かった。しかしこれが良い店の共通点かもしれない。パン屋も小さいほうがうまいっていうしな。

最初の店に比べると品揃えは控えめで、ガラス張りの棚に少し置いてあるくらいだ。

見たところ、店員もいない。

だがミルフィは、突然に飛びついた。

「す、凄いにゃあ!?」

「どうした、どれが凄いんだ?」

「この辺、S級武器とS級防具ばかりだよ」

「Sか。ってS!?」

俺も同じようにガラスにへばりつく。

ミルフィが指を差していたのは、小さな短刀だ。

何の変哲もない、ちょっとだけ黒い剣。

……これが?

「あら、お客さんは久しぶりだねえ。──誰の紹介かな」

突然、声が聞こえる。

慌てて身体を起こすと、何というか、おっぱいが立っていた。

いやそれは嘘(うそ)だ。

胸元がぱっくり開いた服を着たセクシーすぎる黒髪のお姉さんが、魔法使いのローブみたいなものを身にまとっている。

武器防具屋の店主というよりは、魔女みたいな感じだ。

「え、ええと——り、リルドのおっさん知ってますか？」

俺は、咄嗟に名前を出してしまう。

紹介ではないが、クチコミを見たからだ。すまんおっさん。後で謝ります。

「ふうん、リルドの知り合いねえ。彼、元気してるの？」

「はい、元気にがははって叫んでます」

「ふふふ、相変わらずね。——ん？　あなた……前にお店来てなかった？」

「え？　俺ですか？」

「いつだったかしら……忘れたわ。歳を取ると記憶がねえ」

誰かと間違えているのだろう。歳というほどにも見えないが。

話の本題に入る前に、ミルフィに断りを入れて、少し試してみたいことを尋ねた。

ずっと考えていたことだ。

「この武器って……近くで見ることできます？」

俺は、カラフルポイズンスマイルキノコの出来事を思い出していた。あのときは詳細を見ることができた。もしそれが、武器や防具でも可能なら？

魔女は少し微笑んだあと、ガラス張りの棚から取り出して、ゆっくりと手渡してくれた。

そして——。

『漆黒の剣（ジェットブラックソード）』
S級武器：★★★★★。
効果：従者の魔力を吸い取って属性を変化させる。

やっぱりだ。すげえ、こういうこともできるのか。

「――これってもしかして、漆黒の剣、ですか？」

「……どうしてわかったの？」

「ええと、その、魔法みたいな感じですかね？」

この世界で魔法は当たり前だ。

とはいえガイドマップは稀有（けう）らしい。

詳しく話さなくていいだろう。

しかし魔女はなぜか嬉しかったらしく、目を輝かせていた。

「名前まで知ってる人は少ないのよね。ふふふ、あなたのこと気に入っちゃった。２人の名前は？」

「タビトです」

「私はミルフィです！」

「タビトとミルフィね、私は魔女ミリよ。よろしく」

やっぱり魔女なんかいっ！

思わずセルフツッコミ。だがリルドのクチコミに書いていた、おそろしいって感じはないな。

まあ、雰囲気はすさまじいが。

「プレゼントしたいところだけど、さすがにこれはねえ。もし買うなら安くしてあげようか？」

「……いくらですか？」

「そうね、金貨１００枚でいいわよ」

「ひゃ、ひゃく!?」

めちゃくちゃ高いと思ったが、ミルフィいわく、とんでもなく破格の値段らしい。

残念ながら買えず、丁重に断った。

一応、うるうるした目で見つめてみたりしたが、「子猫みたいな目でダメ」と鼻をツンとされた。

ちなみにミルフィは、なぜか少しだけ眉をひそめていた。

そう都合よくはいかない。

武器の手入れをお願いする前に、俺は、もう１つ尋ねたいことがあった。

「買取もしてますか？」

「もちろんよ」

旅行鞄からすでに取り出していた、血塗られた短剣を手渡した。

もう少し綺麗にしておくべきだったな。

「あ、すいま――」

「よくあることよ。でも残念、魔法の刻印がされているのね」

「……刻印？」

「自分専用にすることで、魔力を上乗せする契約よ。結構な値段がかかるし、できるところも少ないから、あまりしないんだけどねえ」

ミルフィに視線を向けてみたが、首を横にぶんぶん、知らなかったということだ。

「それにこれ、あなたが刻印したんでしょ？」

「え？　いや、拾いものですよ。森の中で――」

「いいえ、刻印したのはあなたで間違いないわ。そんなこと、私が間違えるわけない。――見てて」

次の瞬間、ミリさんが短剣を手に振りかぶってきた。

ミルフィが俺を庇（かば）うように前に出ようとするも、ガラスが割れたかのような音が響く。

まるで、セーフティーがかかっているみたいに直前で動かなくなったのだ。

武器としての攻撃が不可能。つまりこれが、専用ってことか。

「ほらね」

念のためミルフィにもお願いしたが、結果は同じだった。

……ありえない。

拾ったのは俺だが、これは確実に落ちていたものだ。

それから刻印なんてしていない。

そのとき、ミリさんが思い出したわ、と言った。

「……あなた、1年くらい前に店に来たじゃない。あのときは何も買わなかったけど、覚えてるわ」

「……1年くらい前？　それ、詳しく教えてもらえますか？」

それは、驚くべき話だった。

ミリさんいわく、1年くらい前、俺はこの店を訪れた。

そのときの話では、人を探している、とのことですぐに去ったという。

つまり……異世界転生ではなく、俺は誰かに乗り移ったってことか？

それならすべての辻褄(つじつま)が合う。

……なら、俺は一体誰なんだ？

「この武器、かなりいいものよ。見たことないけれど、おそらくS級相当じゃないかしら」

「マジっすか……」

確かに切れ味が良すぎるとは思っていたが、逆に混乱が増してしまう。

解析したときには、そんなことは書かれていなかった。

ああもう、謎が多すぎる。

考えれば考えるほどおかしい点が浮かび上がってきた。

初めての戦闘にも関わらず魔物の動きが見えていた。

身体も動いた。

まるで、戦うことが——日常だったみたいな。

「とりあえず綺麗にしておくわね」

ミリさんは、短剣に手を当てた。光が広がっていくと共に、血が消えて綺麗になっていく。

「わあ、ミリさん凄いにゃあ！　浄化魔法を使えるんですね」

「ふふふ、そうね」

綺麗になった短剣は、とても輝いていた。

「ええと、お金は――」

「いらないわ。他にも色々見ていいわよ。まあどれも高いけどね。ミルフィちゃんのも綺麗にしてあげるわ」

「ありがとにゃあ！」

結局、俺たちは好意で武器の手入れをしてもらった。

それから装備も見せてくれた。

目利きの方法も教えてもらったが、俺の能力なら間違った物を買うことはなさそうだ。

「またおいで。武器の手入れならいつでもしてあげるわよ。猫人族のこともわかったら教えてあげるね」

「ありがとうございました」

「うふふ、また来てね」

初めての武器防具店だったが、本当にいい人に巡り合えた。

また、猫人族のことも調べてくれるらしい。

外に出たあと、ミルフィが満足げに手入れされた武器を眺めていた。

だが、先に話しておかないとな。

「ミルフィ、わかったことがある」

「ふえ？　どうしたの？」

「多分だが本当の俺は死んだんじゃないかなと思う。いや、殺されたか」

「ふえ!?　ど、どういうことにゃ!?」

俺は思い出す、初めてこの武器を拾ったときのことを。


『血塗られた短剣』

殺された冒険者の落とし物。


頭に血がついていたのは、殺されたときに負った怪我だったのだろう。

失血が直接の死因なのかはわからない。

おそらくその後、俺の魂がこの肉体に乗り移った。

血が固まっていたのは、時間が経過していたと考えられる。

唯一、傷が塞がっていたのは気になるが。

しかし、これならほとんどに説明がつく。

やけに身体が軽かったこと、ミリさんの店を訪れていたこと。

以前の俺は、1年くらい前からこの王都に滞在していたのだろうか。

にしては、誰からも声をかけられたことがないのは変だな。

そして誰を探していたのか。

……わからないことだらけだ。

本当の俺を知る人物を探してみたい。

それを、ミルフィに伝えた。

「だったら冒険者ギルドに行ってみる？　もし登録してたら、タビトの本当の名前がわかるかも」

彼女は俺の話を疑わなかった。すべて仮説だし、普通に考えたらありえないだろう。

でも、それが嬉しかった。そして提案もしてくれた。

「なるほどだな。人を本当に探してたのなら旅をしていた可能性は高いか」

思っていたより早く自分のことがわかるかもしれない。

にしても、冒険者ギルドか。こんなときでなんだが、初めてでワクワクするな。

しかし俺は、一体何者なんだろうか。


『ミルフィ』
★★★★★。
ミリ姉さん優しかった。

見たところ、めちゃくちゃ強そうだったから手合わせしてみたいにゃ。

『タビト』
★★★★★。
無料サービスをしてくれる魔女ミリさん。
おっぱいが大きくて、エロかった。
本当の自分のことも教えてくれて、最高だぜ！
『ミリ』
★★★★★。
久しぶりにいい子たちと話せて楽しかったわあ。
女の子も強そうだけど、男の子のほうはもっと強そうねえ。
虐（いじ）めてみたいわあ。

冒険者ギルドは、街の中心部に建てられていた。
しっかりとした木の外観に、看板には剣と盾のマークが描かれている。
まずは、クチコミを確認した。

『王都、冒険者ギルド』
３・５★★★★☆（４５７３２１）
『Ｅ級冒険者』
★★★☆☆。
朝の依頼は混む。夕方がねらい目だな。
『Ｄ級冒険者』
★★★☆☆。
依頼も多いが冒険者も多い。
割りのいい依頼は先着順だからめんどくせえ。

『C級冒険者』
★★☆☆☆。
依頼内容がまちまちすぎる。

もう少し選定してほしい。

『B級冒険者』
★★★★☆。
個人依頼が可能なところがいい。

コネを作ればそれだけでも安定する。

『A級冒険者』
★★★★☆。
個人依頼が多くて助かる。

田舎に行くメリットはあんまりないな。


内容は様々だが、数が多すぎて、見るのに時間がかかる。

レビューは星の数ごとに検索できるのでやってみたが、星1つは依頼の難易度が高いという文句が多い。

星が4つや5つの書き込みから察するに、高ランク冒険者からすれば割りがいいらしく、つまり当人が強ければ高評価になる傾向にある。

こういった情報を知れるのはありがたいな。

他にも知りたいものがあれば細かく検索できるみたいだが、今はいいだろう。

扉を開けて中に入っていく。

「人が多いねー」

「だな」

ミルフィの平然とした態度に合わせて返したが、俺はドキドキしていた。

なぜなら、想像以上に屈強な男たちが視界に飛び込んできたからだ。

「がはは！　明日はダンジョンに行くか！」

「3階層の制覇もまだだしな」

「そういえばこの前の新人、調子乗ったあげく死んだらしいぜ」

ムッキムキのムッキムキだ。

普通に考えたら当たり前か。魔物と戦って、走って、戦って、走って、の繰り返し。

それで鍛えられないはずもない。

ひょろく見える人もいるが、ちらりと見えた腹筋はもうバッキバキだった。

それに当然だがみんな武器を持っている。

こうして見ると壮観だな。これが、命を懸けて生活している人たちか。

っと、あまりじろじろ見るのもよくないな。

「そういえば俺は元の身体というか、名前も何も知らないんだが、どうやって記録を調べるんだ？」

「魔力で識別されるから、手を翳すだけでわかると思う。登録があればだけどね」

なるほど、魔力が身分証明になるのか。

とにかくここでの俺は赤ん坊同然だ。

バブバブしながらミルフィの後を付いていく。

彼女のお尻、尻尾がふりふりしてて可愛い。

そういえば戦うときだけ少し逆立ってた気がする。

触れてみたいが、怒られたら怖いのでやめておこう。

「――タビト、おてて貸して」

「え？」

そんなことを考えていると、ミルフィがいつのまにか受付のお姉さんに話しかけていた。

水晶のようなものがテーブルに置いてある。

手を引っ張られて、そのままペタっ、ドキッ。

「はい、そのままお待ちくださいね」

「はい」

これまたおっぱいの大きなお姉さんが受付だ。

黒髪ストレート、眼鏡がよく似合う。

名札に『カリン』と書かれていた。

この世界の住人はスタイルがよく、みんな可愛くてかっこよくて目の保養になる。

しゅごい、しゅごいなあ、タビを。

「タビト、動かにゃいの」

「すみません」

視線だけ動かしていたはずが、気づけば身体も動いていたらしい。

ミルフィママに怒られてしまう。

水晶は綺麗な透明色だ。

これで何がわかるのだろうと思っていたら、突然、真っ黒になった。

なんだこれ――。

「……黒」

ふと視線を上げると、カリンさんが明らかにドン引きしていた。

え、なにこれ？

黒は……ヤバいの!?

そして、消えていく。

「……お待ちください」

それが終わると、急いだ様子でカリンさんが離れていった。

後ろで一部始終を見ていた冒険者たちが、少しざわざわしはじめる。

「ミルフィ、大丈夫か？　俺、俺、英雄を殺した大罪人じゃないよな？」

「それはないと思うよ。多分。でも黒は……見たことないね」

「他には何があるんだ？　多分？　というか、あれはなんだ？」

「魔法や戦士の適性のことだね。黒はね――」

「…………」

え？　黒は!?　なんでちょっと溜めるの!?

そのときカリンさんが戻ってきた。タイミング！

「お待たせしました。こちらが登録書類です。――ですが、記憶喪失を解決するお力にはなれないかもしれません」

記憶喪失とは、俺自身のことを調べるために、ミルフィがあらかじめ考えてくれた方便だ。

さすがに俺、誰でしたっけ？　おそらく別人が乗り移っておりまして、なんて言えない。

書類を開く。俺の写真が写っていた。でも、盗撮したかのように見切れている。

フードも被っていて、なんだか嫌がっているようだ。顔は、今とそんな変わらないが。

その下には、討伐履歴が1つだけ。

――なんだこれ、デスジェネラルの討伐？

「これ……だけですか？」

「そうですね。普通はもう少し詳細が書かれています。名前、出身地、登録した国などですが。本部に掛け合ってみますが、返答には少し時間がかかります。大変申し訳ありません。私も、こんなことは初めてで……」

「あ、いえ。すみませんご丁寧に」

結局、何もわからなかった。

ちなみに俺の名前はボウケンシャ、と書かれていて、明らかに偽名だとわかった。

そのとき、デスジェネラルの討伐の部分に、ミルフィが目を見開きながら指を差した。

「あ、あのこれ、本当ですか？」

「……私も……驚きました」

ミルフィは、今まで見たことないほど驚いている。

そんなめずらしい個体ってことか？

「ミルフィ、デスジェネラルってなんだ？」

名前からすると魔物か？　いやでも、人っぽくもあるな。

「デスジェネラルは……別名、死の将軍。魔王討伐後、魔族唯一の生き残りで、勇者様ですら勝つことのできなかった最凶の魔族だよ。でも1年くらい前、1人の冒険者が倒したって、世界中で話題になってたから」

「魔王なんていたのか……というか、その死の将軍を俺が倒したってことか？」

「この記録だとそうなるね」

「……これの討伐記録は？　これだけですか？」

「調べてみましたが、こちらのみです。おそらくですが、魔族を倒した際、義務的に冒険者の登録をしたのではないでしょうか。それ以外は記録にありませんでしたので」

名前もわからない。

登録もほとんどない。

唯一残っているのは、最凶と呼ばれた死の将軍を倒した記録のみ。

ハッ、何もんだよ。俺。

「そういえばさっきの黒は、どういう意味なんですか？」

「色は、魔力の性質を判断する基準となります。黒は闇属性、とても稀有なので、前例もほとんどありません。すべてを扱えるとも言われていますが」

冒険者ギルド内は、俺の黒い水晶を見たらしくざわざわしはじめていた。

騒ぎになるかもしれないので、書類の内容はふせておいてくれるらしい。

また、他に何かわかり次第連絡してくれると約束を取り付け、外に出た。

当分王都から出る予定はない。

まずはその報告を待つとしよう。

後ろを振り返ると、ミルフィの挙動がおかしかった。

ああ、そりゃ怖いよな。

俺が逆でもそう思う。

これで、旅の同行は解消か——。

「なんか、ごめんね。力になれなくて……」

そう思っていたら、ミルフィは申し訳なさそうにしていた。

……なんだ、なんでこんなにいいやつなんだ。

「俺のことが、怖くないのか？」

「え、怖いって？　どうして？」

「最凶と呼ばれていた死の将軍を倒していた。なのに記憶はないし、得体のしれないって……怖いだろ」

「……どうだろう。確かに話だけ聞けば怖いかも。でも、私は短い期間だけどタビトのことを知ってるよ。色々教えてくれて、先導してくれて、優しいタビトのことを。──だから怖くないよ。それよりも、力になりたい」

嬉しかった。異世界に来てから初めて出会ったのが彼女でよかったと、心からそう思った。

「ありがとな、ミルフィ」

「え、お礼を言われることじゃないよ!?」


──自分が困っているときに心から悲しんでくれる人を大切にしなさい。


大好きだったお婆ちゃんがよく言っていた言葉だ。

実際、簡単そうに見えて難しい。

けど、ミルフィは違う。

ほんと、いいやつだ。

それに少し申し訳ないが──俺は真逆のことを考えていた。

「でもさ……不謹慎かもしれないが、なんか、ワ、ク、ワ、ク、しないか？」

「え、ワクワク？」

「ああ、まるで物語の主、人、公、みたいだ。死の将軍を倒したなんて、かっこいいじゃないか」

俺は悲観的にはなっていない。むしろ喜んでいる。

自分が何者かわからないなんて最高じゃないか。

その返事に、彼女は笑った。

「ふふふ、そうかもね。タビトは前向きだね」

「俺は自、分、を探す旅、ミルフィは猫人族を探す旅。もちろん、最初に決めた通りにのんびり、楽しむことが第一でだ。――で、その、良ければこれからもよろしく……的な？」

一応、俺の素性はある程度わかった。それは、変なやつってことだ。

これで旅の気持ちが変わったかもしれない。

だがミルフィは、やっぱり屈託ない笑みを浮かべて、右手を差し出してくれた。

「もちろんにゃ！　死の将軍（デスジェネラル）黒（ブラック）タビト、改めてよろしくにゃ！」

「それはやめてくれ」

「にゃあ!?」

「けど、改めてよろしくな」

耳がピンと立ち、尻尾をふりふり。

猫人族は、感情がわかりやすくていいな。

そのとき、ふと考える。

今なら、今の雰囲気なら――触ってもいいんじゃないかと。

俺は、おもむろに耳の付け根に手を伸ばした。

そのままナデナデ。猫を愛情たっぷりに撫でるように。

すると――。

「ふぇにゃ、にゃあああああ……。き、きもちいにゃあ、ど、どうしたのにゃああ!?」

悶えまくるミルフィがそこにいた。

凄く気持ちがいいらしい。

それがどういう意味かはわからないが、足はガクガク、尻尾がフルフル。

なんかこういけないことをしているみたいになったのですぐに手を引っ込めた。

息切れをしながら、ミルフィが頰を赤らめている。

「な、なんで突然!?」

「ごめん感情が高ぶって」

「……いいけどにゃ」

可愛いは正義。

さて、当分王都にいるとなるとやらなきゃいけないことがある。

それは、お金を稼ぐことだ。

幸い冒険者の登録は引継ぎで使えるらしい。

死の将軍を倒したときの報酬はもらってないらしく、等級は最底辺の『F』スタートとのことだ。

ひとまず簡単なものからこなしていけばいいだろう。

薬草拾い、魔物討伐、ダンジョンってのもあるらしい。

どれもこれも俺の『ガイドマップ』があれば容易いはず。

「ねえタビト、一度手合わせしない？」

「え、なんで突然」

「死の将軍を倒した人と、戦ってみたいにゃーって」

小道でボコボコにされていたやつらを思い出す。

それに元の身体の俺は、俺であって俺じゃない。

「嫌です」

「えーなんでー！」

「頭を踏まれて目覚めたくないからだ」

「……どういう意味？」

『ミルフィ』

★★★★★。

前向きな人ってかっこいいにゃあ。
それに、上手なのもいいにゃあね……。
これからの旅も楽しみ。

『タビト』
★★★★。
ミルフィはほんといいやつだ。
出会えてよかった。
死の将軍を倒した……か。
まるで主人公みたいでワクワクするな。
これからの旅が楽しみだ。

『王都付近、魔の崖』
4・2★★★★☆（412）
『B級冒険者』
★★★★☆。
高級薬草が取れる。
高所で落ちると危ない。
『C級冒険者』
★★★☆☆。
こんなところに高級薬草が！
でも、落ちたら死んじゃうぜ……。
『A級冒険者』
★★★★★。
王都に来たら毎回確認。

飛行魔法さえあれば余裕だ。

『D級冒険者』

★★☆☆☆。

すげえ薬草見つけた。

けど、一個獲るのでギリギリだ。

もっと俺の手が伸びればなあ。

『C級冒険者』

★☆☆☆☆。

うわあああああああああぁぁぁぁぁぁぁ……。

「ミルフィ、だ、大丈夫か？」

「問題ないにゃあ。あ、これも、あっコレも！」

俺が謎の黒い男だと発覚した翌日、早朝。

賃金稼ぎのために薬草を獲りに来ていた。

ミルフィはA級冒険者。

だが俺はF級だ。

それもあって簡単な任務を受けていた。

ここでももちろん『異世界ガイドマップ』が役に立っている。

狩場で、希少価値のある薬草を探し出したのだ。

身が凍るほどの高所だが、ミルフィはまるで地面を歩くときと変わらないそぶりで、ロッククライミングしながら草を取っている。

恐怖心とかないのだろうか。落ちたら間違いなく死ぬ。

とはいえ、このままではおんぶに抱っこだ。

いくら能力で見つけたとはいえ俺だって役に立ちたい。

「タビト、出るぞ！」

「ふぇ？」

生前好きだったロボットのように一歩を踏み出す。

数秒後、落ちかけた。

「タ、タビト!?　無理しないで!?」

「だ、だだだだだ大丈夫だ」

とはいえ、本当に大丈夫だった。

やっぱりこの身体は軽い。それにかなり鍛えられている。

恐怖はどこへやら、順調に薬草を集めながら景色を眺める余裕さえあった。

「いい景色だねえ」

「だな」

ちなみに俺の視線はミルフィのたゆんに向けられていたが、気づかれることはなかった。

「凄いにゃあ。1回でこの量は相当だね」

「マジか。換金が楽しみだな。おっと、そういえば……」

『旅行鞄』に薬草を詰めたあと、『エリアピン』の存在をすっかり忘れていたことを思い出す。

色々あったので仕方がないが、これは指定した『国』に戻ることができる。

再使用時間(クールダウン)は終わっている。ピンをクリックすれば、おそらく入口に転移するだろう。

手を繋いで戻れることができれば最高だ。

だがそのとき、ふたたびラッパ音が聞こえた。

『魔の崖のマッピングが完成しました。超成熟ボーナスにより『フリーピン』が追加されました』

急いでステータスを確認。

フリーって、もしかして……『自由』ってことか？

それはマジで……ヤバすぎないか？

「ミルフィ、ちょっと待ってくれるか」

「にゃ」

フリーピンは黄色だった。

マップで今いる場所を指定する。

『エリアピン』のときと同じように動かしてみる。

国には置けないが、それ以外なら可能だ。

つまり――狩場などに置くことができる。

試しに手を離そうとすると、『ここでいいですか？　はい／いいえ』の文言が出てきた。

まずはやってみないとわからない。

そのまま『はい』を選択。

すると、マップ上の今いる場所にピンが刺された。今は確認できないが、きっと合っているだろう。

さて次は『エリアピン』の確認だ。

ミルフィに事情を説明して、手を繋ぐ。

「準備はいいか？　怖くないか？」

「大丈夫。タビトとなら」

嬉しい言葉だ。そのまま『オルトリア王都』をクリックした。そして――。

『10秒後に移動します。戦闘状態になった場合は、強制的に解除されます』

さあ、どうなる！


「す、凄いにゃああああああ!?」

「ああ……これは凄すぎるな」

俺たち2人は『王都』の入口まで移動していた。

門兵は顔を覚えてくれていたみたいで、「また高速移動か、すげえなお前」と言ってくれた。

瞬間移動だが。

「タビトの魔法ってどうなってるの？　それに今、無詠唱だったよね？」

「ん、無詠唱って凄いのか？」

「凄いよ。なんかもう、雲の上の人って感じだにゃ」

クリックはしているんだが、無詠唱には違いないな。

だが、確認したいことはもう1つある。

その前にまずは冒険者ギルドへ向かった。


「え、え、え、こ、こ、この量の高級薬草!?　ひぇええ、ど、どうしたんですか!?　それもこんなに早く!?」

ギルド受付のお姉さんことカリンさんがびっくりして飛び跳ねた。

帰宅時間をスキップした上に良いものばかりだ。

ちなみにまだ本部からの連絡はないらしい。

「偶然いいものを見つけたんです。それに足腰は鍛えてるので」

かっこつけながらも買取をお願いした。ミルフィもドヤ顔だった。

耳の付け根を触ると「あぁっんっ」と声を上げた。

そのあとちゃんと怒られた。

「任務完了です。冒険者タグの更新をしておきますね。規定数をオーバーしている分は、このまま買取もできますが、どうされますか？」

「お願いできますか？　ミルフィもそれでいいか？」

「もちろんだよ！」

クチコミ通り希少価値のあるものばかりだったらしい。

通常薬草は銅貨10枚程度だが、なんと金貨1枚をもらった。

俺たちの宿が1泊、1人銅貨5枚なので、単純計算、20日は泊まれることになる。

薬草はまだもう少しあったので次回も楽しみだ。

冒険者ギルドから出たあと、俺たちの財布は潤いに潤っていた。

今日のご馳走は何にしようかと考える余裕すらある。

だがまだやることがあった。

「ミルフィ、もう少しだけ付き合ってくれないか？　成功した場合でも、さっきの狩場から歩くことになるんだが……」

「さっきの？　よくわからないけど、私はなんでも大丈夫だよ」

ありがたいな。

そして俺は、ドキドキしながら『フリーピン』をクリック。

『10秒後に移動します。戦闘状態になった場合は、強制的に解除されます』

そしてやはり、一瞬で狩場に戻ることができた。

「……ふふふ、タビトは天才魔法使いだにゃあ！」

しかしクールダウンはあった。
色々と調べたことをまとめていく。
『エリアピン』のクールダウンは24時間。国に刺すことができる。
設置後の移動は不可能だが、王都以外の街にピンを刺すことも可能かもしれない。
『フリーピン』のクールダウンは5時間。
クチコミが存在する場所、つまり行ったことがあれば自由に刺すことができる。
数値があることから増えると予想される。
ちなみに『フリーピン』は差し替えが可能だった。
基本的には狩場に置いておくのがいいだろう。
翌日も俺たちは薬草を獲りにいった。
それを繰り返し、早いものでF級から飛び級でD級へ。
これで魔物の討伐依頼も受けられるとのことだ。
路銭はいくらあっても困らない。
旅行鞄の容量も増えていっている。
新たな美味しいご飯屋さんも見つけた。
だが冒険者ギルドからまだ情報はない。
猫人族のことも不明だ。
目標には未達だが、幸せなのは間違いない。

今のところ、何も不満はない。

何もない。

何もな。


「むにゃむにゃ……タビト、最高にゃあ、ここのご飯……美味しいよぉ」

「……これは必要なことなんだ。わかってくれミルフィ」

ある日の深夜、眠っているミルフィを悲しげに眺めてから宿を出た。

相棒である彼女には、俺のすべてを話している。

だが言えないこともあるのだ。

深夜の王都は、何というか昼間とは違う空気が漂っている。

大人の空気だ。

そこで俺は、あらかじめ調べていた路地裏に入る。

どうしても試しておかねばならない。

これは、必要不可欠なんだ。

「お兄さん、1人なら遊んでいってよ」

「ねえねえ、うちの店来てよ。サービスするよ」

「一緒に飲もうよ。それともあっちがいい？」

狭い路地には妖艶な雰囲気を身にまとった美女が大勢いた。

ここにも俺たちの情報がもしかしたらあるのかもしれない。
ちゃんと夜の『クチコミ』もチェックしておかないとな。
『王都ピンクストリート、夜の路地』
３・７★★★★☆（１４５７４）
『子爵家の長男』
★★★★☆。
男の嗜(たしな)み。
パルティの秘密クラブは最高。
『A級冒険者』
★★★★☆。
朝、希望を持って目覚め。
昼は懸命に働き。
夜はピンクストリートで遊ぶ。
『B級冒険者』
★★★☆☆。
ぼったくりに騙(だま)された。
クソ、せっかく貯めたお金が……。

『ミルフィ』
★★★★。
やっぱりこのベッドの寝心地は最高だにゃあ……。
むにゃむにゃもう食べられない……。
『タビト』
★★★★。
異世界に来てから一番興奮している。
相棒にバレてはいけないという背徳感がある。
今生きているって感じがする。

俺は、ああでもない、こうでもないと頭を悩ませていた。

クチコミをチェックしているのは、羽目を外して遊びたいという邪な気持ちからじゃない。

元の自分の情報が転がっていないか、ミルフィの猫人族のことが書かれていないか詳しくチェックしているのだ。

むしろスケベなやつらが多くてけしからん。

下心なんて一切ない。

『夜のイメージ冒険者クラブ』
3・5★★★☆（15773）
『王都民』
★★★☆。
ゴブリンとオークから姫を助けることができました。

オキニの嬢の演技がいつも自然で素敵です。

気分はＳ級冒険者で退店。

『Ｄ級冒険者』
★★★☆☆。
ダンジョン内部にそっくりな部屋がいくつかあります。

正義の勇者、悪党冒険者、事前の丁寧なカウンセリングが◎。

いつかは勇者ハーレムコースに挑戦してみたいです。


ただ……なかなか星の数が多いのがないな。

俺は死の将軍を倒した男だ。低評価になんて目もくれないはずだ。

そのとき、とても綺麗でタ、イ、プ、なお姉さんが声をかけてくれた。

彼女なら、何か情報を知っている可能性があるかもしれない。

「お兄さんかっこいいわね。遊びませんか？」

たゆんたゆん、スタイルも抜群だ！

「どこのお店なんですか？」

「ここよ、凄く良いお店よ」

話しながら、クチコミをさりげなくチェックした。

『撲殺天使(エンジェル)が集う美人クラブ』

1・1★☆☆☆☆（4533）

『D級冒険者』

入口のお姉さんに声をかけられて入店。

★☆☆☆。

マッサージ店だが右手でポンポンと触れてくれるだけ。

値段は金貨10枚だった。

『C級冒険者』

★☆☆☆。

なぜこの店がまだ王都にあるのかわからない。

一度入ったら退店はできず、身ぐるみをはがされた。

おそろしい逃げてくれ。

「じゃあこっちに――」

「す、すみません！　ちょっと失礼します！」

危ないところだった。

クチコミがなければ即死だった。

それからも俺は情報を探し続けた。

なかなか見つかるわけがないのはわかっている。

だが男にはやらねばならないときがあるのだ。
そしてついに――見つけたのだ。

『大人の秘密クラブ』
4・7★★★★★（478）
『A級冒険者』
★★★★。
王都で息抜きをしたいならここ。
受付も丁寧でみんなが幸せそうに働いている。
福利厚生もしっかりしているらしく、離職率も低いらしい。
サービス◎　接客◎
とくにルイちゃんが素晴らしい。
『伯爵家の長男』
★★★★。
大人の嗜み。
素晴らしい手捌き。
何よりも会話をしていて楽しい。
ルイちゃんと話していると癒される。

『子爵家の次男』
★★★★。
いつものルイちゃんご指名。

最高の笑顔で迎えてくれた。

これが、大人の嗜み。


気づけば俺の足は動いていた。

淀(よど)みなく、まるで魔物を相手しているかのように。

頭もすっきりと冴(さ)えている。不思議と興奮はしていない。

足元が光っているみたいだ。軌跡が、俺を誘導していた。

「あら、お兄さん初めま――」

「入ります。ルイさんは指名できますか」

「ああ、ルイね。いつもは人気で空きがないんだけれど、ちょうど、キャンセルがあって」

「マジっすか!?」

頭の中でファンファーレが鳴り響く。

神を愛し、神に愛された男、空前絶後のタビトの入店だ。

店内は薄暗いが、蜂蜜のような甘い匂いがする。

こういった五感を刺激してくれるのは大事だ。

嗅覚に鋭い猫人族がいる可能性もあるだろう。

そのまま受付のお姉さんからお着替えセットをもらった。

モフモフで肌触りのいいバスローブ。

これでさらに猫人族がいる可能性が上がった。

個室に入ると、クイーンサイズのベッドが1つ。

なるほど、元の身体の俺がここで休んでいた可能性もある。

そういえば金額の話はしていなかった。

まあいい、懐に余裕はある。いや、あるか？　まあいい。

そのとき、着替えを済ませたのがわかったのか、外から可憐な声がする。

「お客様、お着替えは済みましたか？　入ってもよろしいでしょうか」

丁寧な物言いだ。思わず頬が緩む。

やはり、この店に何か手がかりがあるはずだ。

俺は、いつもより少し低い声で答える。

「ああ、構わない」

カーテンを開けて現れたのは、マジでとんでもない美人だった。

透き通るような白い髪、美しすぎる目鼻立ち、白い肌、スラリと長い手足。

「こんばんは」

「ココココココ、こんばんは」

「ふふふ、じゃあ横になってもらえますか」

ニワトリみたいな声が出てしまったが、怪我の功名で笑ってもらえた。

しかしこれが噂のルイちゃん。とんでもない可愛さだ。

俺はそのまま横になる。ルイちゃんが、ゆっくりと腰に触れた。

しかしおかしいな。重要なことは何も聞いていない。

だが何でもいいか。きっと、手がかりはあるのだから。

「じゃあ、前と同じでいきますね」

「え、前って――」

――グガギエガワガガゲゲェ。

次の瞬間、俺の腰が砕ける音が聞こえた。

次に手、足、首、悶絶しながらも急いでクチコミを確認する。

「ぐがあっ、うう……があっ、うう……ああっ……な、なんで……」


『A級冒険者』
★★★★★。
粉骨整体師のルイちゃんはとても力が強くて素晴らしい。

かなり痛いが、魔物との戦いで疲れた身体もほぐされました。

とはいえ、かなり痛いです。

……え？

「じゃあ、首に力入れてくださいね。じゃないと、骨、折れちゃいますからね」

「え、ちょ、ちょっと待って――」

俺は、初めて自分の首が折れる音を聞いた。

「最ごおっああ、っ……あっ、ああああああああ！　イイイィィイイっ！」

異世界、今までありがとう。


「は、はああ……はあはあ……」

「これでコースは終わりです。お久しぶりですね。お元気でしたか？」

ようやくマッサージを終えた。俺は、急いで尋ねる。

「あ、あの！　ええと、前と同じってどういうことですか？」

「え？　前に一度いらっしゃいましたよね？　私、記憶力には自信があるんですよ」

「いつぐらいですか？」

「どうでしょう。1年ほど前でしょうか」

まさかだった。

俺は、自身が記憶喪失になったと伝えた。

ルイは少し疑っていたようだが、まあそんなこともあるかと最後は信用してくれた。

「そうですね。以前はもっと寡黙でしたよ。私が力を入れても声一つ上げませんでした。最後に『ありがとうございました』と言って、心付けもくださいました」

「な、なんと……」

とんでもない紳士タフネス野郎だ。

この夜の街を訪れてその振る舞い、以前の俺はマジで神かもしれねぇ。

だが残念ながら手がかりらしいものはなかった。

ふらりと立ち寄ってくれただけで、それ以上は何もないという。

不思議と身体は軽くなっていた。

ポッキリ折れたかと思っていたが、首の骨も繋がっている。

そして次に猫人族のことを尋ねた。

この仕事は多くの人と触れ合うという。

「獣人さんもいらっしゃいますが、猫人族は聞いたことありませんね。お力になれなくて申し訳ないです……」

「あ、いえいえ!?　すみません、お仕事中に」

「いえお気になさらず。それに敬語はなしで構いませんよ」

とびきりの笑顔で答えるルイちゃん。

確かにいい子だな。

見たところ若いが、なぜこんな夜中に働いているんだろうか。

「その、言いたくなかったらいいんだが、ルイはどうしてここで働いてるんだ？」

「私ですか？　うふふ、こうやって人とお話をするのが好きなんですよ。後は、単純にお金ですね。学費が必要なので」

「え!?　学生なのか？」

「そうですよ。見えませんか？」

「あ、いや、そういうわけじゃ!?」

「周りはエッチなお店が多いのでたまに勘違いされたりするんですけど、人に喜んでもらえるのが好きなので」

「わかります。僕もエッチなお店には興味がなく、冒険者一筋でやらせてもらっています。記憶はありませんが」

「ふふふ、おもしろいですね。タビトさん」

それから少し話してから時間が来たので退店。

「世界中の種族に詳しい先生がいるので、聞いておきますよ。わかり次第、ギルドを通して連絡すればいいですか？」

「助かるよ。ありがとう（本当に勘違いしてごめん）」

「とんでもないです。楽しかったので、お礼なんて結構ですよ」

「いや、ありがとうありがとう（邪な気持ちがあってごめんなさい）」

帰り際、夜空を眺めていた。

ルイと出会えてよかった。

だが情報収集と言いながら欲望に負けていた自分と向き合っていた。

正直に言おう。俺は煩悩に負けてしまっていた。

なんて、なんてひどいことを。

そんなことを考えながら宿に戻ると、入口にまさかのミルフィが立っていた。

驚いて立ち止まっていたら、こっちを見て——飛んでくる。

凄まじい脚力だ。

って——抱き着いて——。

「タビト、どこ行ってたのにゃあああ!?」

「え、ええ!?　ちょ、ちょっと落ち着けって!?」

「心配したんだよ!?　起きたらいないし!?　ねね、大丈夫なの!?」

「え、あ、ああ……ごめん」

どうやら本当に心配してくれていたらしい。

確かにそうだ。こんな危険な世界で、夜起きていなかったら何かあったのかと思うだろう。

ただでさえ俺は記憶喪失みたいなものだ。

「もしかして記憶が戻ったの!?」

「いや、そうじゃなくて、その……夜のお店を……調べたりとか……」

「夜？　え？　どういうこと？」

さすがに申し訳なさすぎたので、すべてを話した。

ミルフィは少しだけ怒って、けど最後は笑って安堵してくれた。

「何もないならよかったよ。それに、タビトも男の子だしね」

「……ごめんなさい。でも、手がかりもあったんだ。やっぱり俺はこの王都に来たことがあるらしい。これからも色々見て回るつもりだ。大人の店はもう行かないよ」

「ふふふ、気を遣わないでいいよ。そういうのも大切だから」

「ありがとな」

俺は、優しくミルフィの頭を撫でる。

もしかしたら猫人族のこともわかるかもしれないと伝えると、嬉しそうにまた笑った。

「ルイって言うんだが、凄くいい子だったんだ」

「ふーん、そうなんだ。タビト、その子のことが好きなの？」

「え？　いや、そういうわけじゃないよ。本当に」

「そっか。安心したにゃ！」

「安心ってどういう――」

「な、何でもないよ!?　じゃあ、二度寝するにゃあね」

この『異世界ガイドマップ』のおかげで最高の日々が過ごせている。

もしこれがなければ森の中で死んでいたかもしれないし、ミルフィとも出会えなかった。

もっと能力に感謝しよう。

けど何よりも、可愛いモフモフのミルフィに。

「ミルフィ、俺は煩悩を消すぜ」

「煩悩って？」

「これからは信じてくれ」

「よくわからないけど、頑張ってね！」

「ああ」

『ミルフィ』

★★★★☆。

起きたらタビトがいなくてびっくり。

でも、戻ってきてくれて安心！

1人はもう嫌にゃ……。

『タビト』

★★★★☆。

新しい情報をゲットできたのはよかった。

けど、ミルフィを悲しませたのはダメだ。

煩悩を消す、絶対消す、消すぞ。

『ルイ』

★★★★。

以前来てくれたお兄さんがまた会いに来てくれた。

かっこいいなと思っていたけれど、今日は色々お話しして癒された。

もっと骨、虐めたかったなー。

一緒にいて、強くわかったことがある。

何度も感じていたことだが、ミルフィは本当に優しい。

俺の身体や体調の気遣いはもちろん、困っている人がいればすぐに走っていく。

「タビト、この前の怪我は大丈夫？」

「ああもう治ったよ。でも、走ってこけるなんてダサいよな」

「ふふふ、そういうときもあるよ」

そして今、お婆さんが目の前で重たい荷物を両手に持っていた。

となると、横にいたはずのミルフィはもういない。

「持ちますよ！　お婆ちゃん！」

「んんっ、あ、ありがとうねえ」

とくに高齢の方を気に掛けているらしく、視線で追っていることも。

ただ極度の方向音痴なので、道案内はできない。

そのときは俺の出番だ。

「ミルフィ、そっちは行き止まりだぞ」

「ふぇ!?」

知り合って間もないが、彼女のことが人として大好きだ。

とはいえ、まだまだ聞いていないことはたくさんある。

お婆さんをお家(うち)まで送ったあと、気になっていたことを尋ねてみた。

「ミルフィって、なんで今までソロだったんだ？　パーティーとか組んだことないのか？」

至極当然の疑問だ。

彼女は人当たりが良く、戦闘能力も申し分ない。

路地裏のかつあげ未遂事件でもそうだが、魔物相手にも苦労しているところは見たことがない。

亜人だということで迫害されたことは聞いていたが、周りを見渡すと、種族関係なくパーティーを組んでいたりする。

さらにA級の資格。

「もちろんあるよ？　長いのだと1年くらいかな。大勢で旅をしたこともあるし」

「そうなのか。その、言いづらかったらいいんだがなんで別れたんだ？　よくあることなのか？」

「んー……人それぞれじゃないかな。性格の不一致もあるし、考え方とか、やりたいことを見つけたとか。私の最後のパーティーで言うと……リーダーと意見が合わなかったんだよね」

「なるほど……」

最後の言葉を言い切ったミルフィは、今までにないほど悲しげだった。

創作物ではありがちな冒険者。だがいざこうして自分がその立場になってみると、つくづく大変だなと実感する。

幸い俺は信頼できるミルフィと出会えたが、これがたとえば冒険者ギルドで斡旋してもらったパーティーだとどうなっていただろうか。

言い方は悪いが、戦闘能力が自分よりも低い、もしくは劣る場合、どう連携を取ればいいのかもわからない。

相手を守らなきゃいけないいし、自分の命も優先しなきゃいけない。

信頼関係を築くにも時間がかかるだろう。

長年の知り合いと組んだとしても、それぞれの戦い方の好み、旅をしていると風土に触れたきっかけで思想も変わってくるはずだ。

当然、食べ物の好みもある。

滞在したい国、行きたい場所、考えればキリがない。

考えると……ソロでもおかしくはないか。

「タビトはどうなの？　元の世界の話、もっと聞かせてほしいな」

「ブラック企業とかか？」

「んー、旅行の話とか、友達とか。後は、何が好きだったのかとか？」

「ああ、そうだな。でも俺、ボッチだったぞ」

「……ボッチ？」

「ええと……だったら軽くお茶しながらどうだ？　俺も色々聞いてみたいしな」

「賛成にゃ！　お店はいつも通り任せていいかな？」

「ああ、任せてくれ」

懐はそれなりに潤っているので店を探す。

幸い、前から気になっていたお店が近かったので、再度『クチコミ』を確認して入店。

『エーテリアル・ブリュータリティカフェ』
4・6★★★★★（7458）
『王都の味覚冒険者』
★★★★★。
自家製の豆を使用しているらしく、独自の焙煎方法で深みのある飲み物を出してくれる。

『魔法学者のカフェ通』
★★★★☆。
カフェ内には魔法陣が描かれたテーブルが設置され、アンティークな雰囲気が漂っている。

先代から店主が変わって接客が悪くなった。

『冒険者ギルドの詩人』
★★★★★。
冒険者たちの間で「魔法の1杯」として評判。ただし、混雑時は席が埋まりやすいため、早めの訪問がおすすめ。

『冒険者バリスタ』
★★★★。
冒険者向けの特別なブレンドが提供されており、地元の冒険者たちの憩いの場となっている。

ただし、混雑時は待ち時間が発生することも。


狩場では冒険者の名前ばかりだったが、王都内ではそうじゃない人の投稿もある。

もしかするとこれもレベル上げのおかげかもしれない。

店内は木を基調としており、花も飾ってあって、居心地がよさそうだ。

窓際に座って、おすすめのコーヒーを注文。

「それで、タビトの国はどんな感じだったの？」

「そうだな。まず魔物はいない。魔法もないが、科学ってのがあって、火をつけたり似たようなことができるものがあったな」

「へえ！　獣人は？　いるの？」

「いない……な。基本は人族だけだ。人種の違いはあったが、言語が違うだけで、そこまで変わらないな」

「そうなんだね。その……差別とかは？」

「ない……とは言い切れない。ただ随分と少なくはあったよ」

「ふうん、戦争とかは？」

「俺の国は基本的に平和だったが、遠くでは戦争もあった。平和ってのはどこの世界でも難しいんだろうな」

「そっかあ」

ミルフィの質問は世界事情についてが多かった。

色々と苦労してきたんだろうか。

「でも、前の世界でも旅は好きだったよ。おかげで今も適応できてるしな。親に感謝だ」

「どうして親に感謝なの？」

「親が旅行好きだったんだ。早くに事故で亡くなったんだが、色々連れて行ってもらった。そういえば、ミルフィの親は？」

「……いないよ。私も幼い頃に亡くなったの」

「そうなのか……」

だから猫人族を探しているのだろうか。

尋ねていいのか悩んでいると、ちょうどコーヒーが届く。

一口飲むだけで、頬が緩んだ。

「すげえ、うまいな。なんかこう、ポカポカする感じだ」

「うんうん、美味しいにゃあー」

「そういえばミルフィって怒ることあるのか？　いつも楽しそうだよな。戦ってるときでも」

「そうかな？　怒るときも……あるよ？」

たとえば、と尋ねようとしたとき、声が響いた。

カウンターから怒鳴り声とまではいかないが、叱責（しっせき）するような声が聞こえた。

どうやら店員の少女が、なにやらやらかしたらしい。

店主の怖そうなおじさんが怒っている。

「おい、何してんだ!?　早く持っていけよ！　ったく」

「は、はい……」

それにしても言いすぎだな。

そのとき、ふと前を向くと驚いた。

ミルフィが、いつもとは違う形相をしていたのだ。

あきらかに怒っている。

それもかなりだ。

「大丈夫か？」

「え？　ご、ごめんにゃ!?　人が怒られてたりするの……見るのがつらくて」

「まあそうだよな」

それから俺たちは色々と話した。

気づけば自分の話ばかりをしてしまっていたが。

といってもミルフィが尋ねてきてくれたからだ。

最後は、テレビゲームってのをしてみたいと笑っていた。

この世界でもチェスみたいなものはあるらしく、旅のお供に人気だとか。

今度、絶対買おう。

店を出るとすっかり暗くなっていた。

まっすぐ宿まで歩く。

だが入口の手前で、ミルフィがなぜか立ち止まった。

「タビト、ちょっと忘れ物しちゃって。先に帰っててもらえるかな？」

「ん？　だったら付いていくぜ。帰り道、わからなくなったら困るだろ。それに店も閉まってるんじゃないのか？」

「ギリギリじゃないかな？　先に寝てて！」

どこか焦った様子で去っていく。

言葉通り受け取るなら戻ってもいいが……なんだか不安だな。

少し歩きだして、足を止めた。

王都の治安は比較的良いが、それでも前みたいな輩（やから）はいるだろう。

いくら彼女が強くても何かあって後悔はしたくない。

そして俺は、来た道を戻ることにした。

「……あれ？」

カフェの前にミルフィの姿はなかった。

そもそも店は閉まっている。

どこかで道に迷っているのだろうか。

ここで待っていてもいいが、どうするか。

そのとき、裏手から声が聞こえた。

ちらりとのぞき込むと、さっきの少女と、店主がいた。

なにやら……揉めている？　いや、怒鳴っているのか。

「おい、早くそのゴミ片付けて来いよ」

「は、はい」

「ったく、使えない奴隷を買ったのが間違いだったぜ」

……奴隷だったのか。

冒険者ギルド内で話しているのを聞いたことがある。

この世界では普通のことらしい。食い扶持を減らすため、自ら志願する子供もいるとか。

どうりで態度が冷たいわけだ。

そして彼女が片付けていると、割れた食器か何かで手を怪我した。

だが店主は、どうでもいいから早く片付けろとキレた。

さすがに酷いな。

声をかけようとしたまさにそのとき、ミルフィが現れた。

「その言い方はないんじゃないの？」

「ん？　誰だお前？」

「怪我してるよね？　なんで心配してあげないの？」

「ああ？　こいつは俺の物だ。てめぇにとやかく言われる筋合いはねえ」

慌てて間に入ろうとするが、なんとあの温厚なミルフィが、突然店主の胸ぐらを摑んだ。

「……なら、奴隷の気持ちを味わってみるにゃ？」

そして何とも言えぬ殺気も感じた。もの凄い力で、男を片手で持ち上げる。

「ミルフィ、やめろ！」

「……タビト、なんでここに」

「ひ、ひぃ、や、やめてくれ」

殺す気まではなかったのかもしれないが、殴る気だったのだろう。

店主は怯えて震えていた。

少女の首には、服で隠れていて気づかなかったが奴隷紋があった。

冒険者ギルドで教えてもらった。これが、奴隷の証だ。

「やめろ、ミルフィ」

「でも、こいつは――」

「殴って怪我をさせたら、そいつのことは誰が治療するんだ？」

ミルフィは納得がいかないみたいだったが、それでも強く制止する。

「おいおっさん」

「ひ、ひぃ、そ、そいつをなんとかして――」

「奴隷といっても手荒な真似(まね)をするのは法律違反だろ。次にそんな態度したら、俺が許さねえぞ」

「で、でもその獣人が勝手に――」

「うちの相棒を一言でも悪く言ってみろ。――殺すぞ？」

自分でもわからないが、心の底から出た言葉だった。

それ以上、店主が喋(しゃべ)ることはなかった。

ミルフィも静かだった。

俺は、怯えた少女に声をかける。

「君も大丈夫か？」

「は、はい……」

「奴隷といえども不当な扱いを受けたら国に申告できるはずだ。何かあればちゃんとするんだぞ」

「あ、ありがとうございます」

ミルフィは、ポケットに入れていた傷当てで、彼女を手当てする。

それから驚いたことに、ミルフィは少女を解放しようと交渉を始めた。

価格を聞いて、払うつもりだと。

だが少女は断った。

ここで働いていることで安全も保障されているらしく、それはそれで困るという。

だから最後に店主には念押ししておいた。

二度とするなと。

帰り道、ミルフィは今まで見たことないほど悲しげで、それでいて申し訳なさそうにしていた。

すぐに声はかけられなかった。

あれほどまでに彼女が感情を露わにしたのは、初めてのことだったからだ。

もっとお互いを知るべきかもしれない。

「ミルフィ、よかったら少し話さないか？」

「……うん」

俺たちは近くのベンチに座った。

彼女から話すのを待っていると、静かに口を開く。

「小さい頃、奴隷商人に連れて行かれそうになったんだよね」

衝撃的だった。まさか、そんな過去があったとは。

だからあれほどまでに怒っていたのか。

「でもそのとき両親が守ってくれたの。私のために戦ってくれた。でも、相手がいっぱいいて、それで……死んじゃった」

「……ひどいな」

「本当につらかった。とっても悲しかった。それから私は、1人ぼっちになった」

「他に同胞はいなかったのか？」

ミルフィは、静かに首を横に振る。

「私たちは山に住んでて、周りに亜人はいっぱいいた。でも、猫人族は私たちだけだったの。後から知ったんだけど、その地方で亜人は高値で取引されてたらしくて。多分、私たちはめずらしかったからだと思う」

「……最低だな」

「周りの人たちは安全な場所に移動していったんだけど、私は人種も違ったから、1人で山を転々としていたの。そこで、お婆ちゃんと出会った」

「お婆ちゃん？　猫人族が他にいたのか？」

「ううん、人間のお婆ちゃん。私を憐（あわ）れに思ったんだろうね。初めはただ言葉を交わしてただけだったんだけど、事情を聞いてくれて、いつのまにか一緒に山の小屋で暮らしてた。それから毎日が、楽しくなった」

いつも元気で明るい彼女に、そんな過去があったなんて驚いた。

「お婆ちゃんは私を愛情たっぷりに育ててくれた。でもある日、噂を聞きつけた奴隷商人が私を捕まえにきたの。いつも山で走り回ってたから逃げることはできた。でも、お婆ちゃんと一緒に住んでた家が燃やされちゃって、帰るところがなくなったの」

過去を語るミルフィは、本当につらそうだった。

それからお婆ちゃんと2人で最寄りの国に移動し、何とか暮らしていたらしい。

ただその国は亜人に対して冷たくて、仕事も少なく、奴隷も多く目の当たりにした。

「私はつらくてもよかった。でも、お婆ちゃんの大切な家がなくなったのが申し訳なくて」

「それはつらいよな……」

「お婆ちゃんとは、寿命で亡くなるまで一緒だった。優しかったんだけれど、それ以上に厳しくて、どんなにつらくても笑いなさいって言われたの。笑っていれば、人生は幸せになるよって」

「だから……ミルフィは笑顔なんだな。その、お婆ちゃんの教えを守ってるのか」

「うん。そうだよ！　えへへ」

常に笑顔のミルフィにも理由があったのだ。

人には過去があり、現在がある。

今の俺もそうだ。

「でも、1人はやっぱりつらかった。それから猫人族を探しはじめたの。私と同じ猫人族が、どう生きているのか知りたくて」

「そういうことだったのか」

「1人では難しいこともあったからパーティーも組んだ。でも、最後は奴隷のことで揉めるんだよね。それで……私から抜けちゃうことが多くて」

それですべてが繋がった。

カフェで怒鳴られているのを見たとき心苦しかったのだろう。

奴隷についても、すべてが悪とは言い切れない。

さっきの少女も生きるために奴隷になったと言っていた。

とくに俺はまだこの世界のことを知らなすぎる。

だが――。

「……俺の国には奴隷はいなかった。けど、昔は存在してたらしい」

「それは……なくなったってこと？」

「ああ、きっとミルフィみたいにダメだ、嫌だって誰かが声を上げたんだと思う。この世界の法律や道徳は俺にはまだわからない。でも俺はミルフィの考えを尊重するよ。君の考えは間違ってない」

「……ありがとう、タビトはいい人だにゃ」

ミルフィもすべてを話してくれたわけではないだろう。

旅の途中でもっと色んなことがあったはずだ。でも、笑っている。お婆ちゃんの言いつけ通りに。

本当に芯の強い子だ。

必ず俺が、同胞を見つけてあげたい。

「ミルフィの仲間、見つかるといいな」

「えへへ、嬉しいにゃ！　私もタビトのこと調べるからね！　……でも、あくまでのんびりがいいにゃ。笑って楽しんでたら、いいことが舞い降りるにゃ」

「ハハッ、そうだな。のんびり、楽しくやろう」

俺とミルフィは仲間だ。

けど今日、本当の意味で相棒になれた気がした。

『ミルフィ』

★★★★★。

嫌なことがあっても、タビトがいてくれたら幸せにゃ。

なんだか心臓がドキドキする。

……これってなんだろう。

『タビト』

★★★★★。

ミルフィのことがよくわかった日だった。

絶対に幸せになってほしい。

俺が絶対、仲間を見つけてあげよう。

『タビト』
レベル：15。
体力：C。
魔力：C。
気力：B。
ステータス：いつも元気な冒険者（煩悩を消す最中）。
装備品：茶色の布シャツ、右丈の短い茶色ズボン。
固有能力：異世界ガイドマップ、超成熟、多言語理解、オートマッピング。
マップ進捗率：オルトリア王都（45％）。
マップ達成済：魔の崖、魔の森。
エリアピン：0／1（オルトリア王都）。
フリーピン：0／2（魔の崖、魔の森）。
旅行鞄：300／2000。

称号：異世界旅行者、優しい心を持つ男。

ステータスを確認。レベルも順調に上がっていた。

フリーピンを追加で獲得したので、『魔の崖』と『魔の森』に刺している。

どちらも行き来が可能で、帰るときはオルトリア王都の入口に飛ぶ。

今のところ、ミルフィとしか飛んでないが、何人まで可能かはわからない。

次の『エリアピン』が追加されたタイミングと、冒険者ギルドでの情報次第で、他の国へ行こうと話し合った。

「ガッガアアッッ！！！」

「にゃは、勝てるかな？」

ミルフィが、とてつもなくデカいクマの魔物とタイマンを張っていた。

しかも素手だ。前から武器なしで戦ってみたかったらしい。

１００キロはありそうな巨体の攻撃を回避すると、返しざまに力の限りぶん殴るミルフィ。

彼女にはレベル上げという概念はないはずだが、不思議なことを言っていた。

「強く、なるのか？」

「そう、倒せば倒すほどね。魔力が身体に付与されるって話だけど、詳しいことはわからないにゃ」

「なるほど……」

おそらくだが、内部的にレベルアップしているんじゃないだろうか。

ステータスとは、いわゆる視覚化された情報なだけで、実は誰でも持っているのかもしれない。

そんなことを考えていると、勝敗が決した。

無傷で、彼女の勝利だ。

「いえーい」

ピースするミルフィは、白い頬に返り血を浴びている。

彼女が味方で本当によかった。

いつものように解体を手伝う。

初めは抵抗もあったが、随分と手馴れてきた。

死体のまま買取所に持っていくこともできるのだが、その分、手間賃を取られてしまう。

今のところお金には困ってないが、ミルフィはしっかりしているので、今は覚えたての言葉で「貯金にゃ!」が口癖になっている。

そのとき、いわゆる心臓の位置で、黒くて固い石を見つけた。

ミルフィが、嬉しそうに叫んだ。

「魔核にゃあ!」

「おお、これがそうか! って、魔核ってなんですか?」

「魔物の心臓の代わりみたいなものだけど、たまに残るんだよね。武器に属性を付与したり、素材として高く売れるんだよ」

「おお、ちなみにこのくらいだと?」

見た目は小石ぐらいだ。持たせてもらったが、思っていたよりも重い。

「金貨２枚はするんじゃないかなあ？」

「マジかよ!? すげえな」

「なかなかあることじゃないけどね。これも、クチコミのおかげだよ！」

今いるのは魔の森だが、ベストな狩場とＡ級冒険者が書いてくれていたのだ。

横道が狭く、後ろも取られることがない。

つまり、危険度が少ないのだ。

どれだけ敵に囲まれても背中を合わせて戦えばいい。

仲間を増やせば効率よくお金を稼げるらしいが、俺たちにとって戦闘はあくまでも手段。

貯金を増やし、レベルを上げ、命を懸ける回数を重ねて経験を積む。

それもすべて、本当の自分と、同胞を探すために。


解体したあとは、いつものように魔物を旅行鞄に入れた。

ちなみに帰還の最中、一度だけ魔物の襲撃を受けた。

その際、やはり移動がキャンセルとなったが、クールダウンになることはなかったので、大きなデメリットはなさそうだ。

さて、おいくら金貨かな！

◇

「いやー、さすがミルフィだな。まさか金貨３枚で売れるとは」

「旅行鞄で保存状態が良かったおかげだね。普通だったらもっと移動の最中に傷つくから」

「そうなのか？　それはありがたいな」

王都へ移動し、買取を終えてから街を歩いていた。

ふと視線を向けると、ミルフィが申し訳なさそうにしていた。

「どうした？」

「本当にいいのかなあって。贔屓目なしに言うけど、タビトの能力は、Ｓ級冒険者パーティーでも欲しがるものばかりにゃ。移動に荷物、適切な狩場選び、さらに戦闘もこなせて、食事も宿もハズレなしって凄すぎるよ。私なんかが独占しちゃっていいのかなって」

羅列されると確かに凄いかもしれないが、あくまでも偶然得たものだ。

それに――。

「気にしすぎだ。俺は、ミルフィと一緒にいて楽しいからな」

そうやって気を遣ってくれる相棒がいてくれるほうが、何倍も幸せだ。

ありがとうと気持ちを込めて撫でると、耳の付け根に触れていたらしい。

「ふ、ふにゃあぁっ!?」

「え？　あ、あ、ごめん!?」

もじもじ悶えるミルフィ。息が切れて、頬が赤く――。

「あいつら、往来の場でなにやってんだ？」

「まさかの野外で……？　すげえ大胆だな」

「獣人族の女の子、可愛すぎるだろ」

慌てて早歩き、そのまま平謝りした。

「す、すまん!?」

「ううん、嬉しかったにゃ！　冒険者ギルドにまた依頼見にいこ！」

◆

冒険者ギルド内、会議室。

A級以上になると、秘匿な任務が多くなるため特別な配慮をされることがある。

この部屋は、主に任務についての説明や作戦を立てる場所として使われている。

そしてそこには、S級冒険者の紋章、黄金の鷹を肩に縫い付けた女性――ブリジットが立っていた。

長く赤い髪で身長が高く、女性らしさを残したほどよい体格をしている。

彼女が手にした依頼書の任務の欄には『隣国の姫、エルティア王女の護衛と観光案内』と書かれている。

　部屋に、ギルド受付員であるカリンが入ってきた。

「お待たせしました。こちら特別任務となりますので、ギルドの規約に従って個室での説明になりますが、よろしいですか？」

「わかってる。それで、詳しく教えてもらえるか」

「はい。依頼内容ですが、荷物（ポーター）と護衛（ガード）、観光案内（エスコート）になります。外交の訪問が終わったのち、お忍びで観光をしたいらしく、ご依頼を受けました」

「……そういうことか。結構なことだな」

「そうですね。ただ、あくまでも責任は冒険者ギルドになります。ブリジットさん……可能ですか？」

「私はプロだ。仕事は受けるよ。となると人手が足りないな。荷物（ポーター）の能力が高く、かつ戦闘能力に長（た）けている、できれば２人組がいれば理想的だが」

「そうですね。ええと、でしたら最近、荷物（ポーター）の資格を持つＤ級になった男性と女性のペアをご紹介できます。片方がＡ級なので戦闘能力は申し分ないと思いますよ。任務の成功率、貢献度については非常に素晴らしいです。ちなみに性格も良いですよ！　凄くいい人たちです！」

　カリンの嬉しそうな受け答えに、ブリジットがほんの少しだけ笑みを浮かべる。

「あなたがそこまで言うのはめずらしいな。ならその２人で頼む。報酬は私が３割、２人が７割で構わない」

「え、いいんですか？」

「ああ、金に困ってるわけじゃない」

「畏(かしこ)まりました！　手続きの書類を取ってきますので、少しお待ちいただけますか？」

それからカリンは、書類を取ってきて、ブリジットに確認してもらった。

そこには、タビトとミルフィの魔法写真が写っている。

依頼者や高ランク冒険者が確認するもので、当人からの許可を得て貼り付けているものだ。

それを見たブリジットが、目を見開く。

「……この写真で合ってるのか？」

「はい。近日のものですよ。何かありましたか？」

「……もし依頼を断られたとしても、是非会いたいと伝えておいてくれ」

「畏まりました。お知り合いですか？」

ブリジットが、タビトの書類を手に取って、今までにない菩薩(ぼさつ)のような笑顔で、微笑んだ。

「ああ、私の――命の恩人だよ」

冒険者任務は、大きく分けて３つある。

１つ目は、受注依頼。

掲示板、つまり木板に張られている依頼書を受けることだ。

一番オーソドックスで、薬草拾いから魔物討伐まで幅が広い。

２つ目は、個人依頼。

あなたに是非お願いしますと、直接個人から依頼を受ける。

受ける受けないは自由だが、理由があって依頼している人も多く、取り分も多いので、よっぽどでなければ断ることはない。もちろんギルドは通している。

３つ目は、冒険者ギルドからの直接依頼。

申請書に記入した職業、適性や任務の成功率、貢献度、人徳を鑑みて依頼される。

たとえば召喚士（テイマー）なら、魔物に関する項目が多い。

俺はレベルが上がった際に、荷物（ポーター）の資格を増やしておいた。

移動魔法は凄すぎるらしいので、秘匿にしている。

ミルフィはA級で戦闘能力が高いのと、亜人という種族も依頼者によっては安心に繋がるらしい。

で、今回はなんと3つ目だ。

いつものように依頼書を見に行こうとしたら、まさかの直接依頼を頼まれた。

そして——。

「エルティア王女、よくぞこられた」

「とんでもございません。こちらこそ、お力添えいただいたものですから」

王座の間、煌びやかな装飾、とんでもない数の要人が、左右に等間隔で並んでいる。

ステンドグラスの前、豪華絢爛な椅子には、国王陛下が座していた。

そして今、会釈した王女が、俺たちの依頼主である。

薄く長いピンク髪に、お人形さんのようなぱっちりおめめ、気品のある純白ドレスを着ている。

俺の横では、ビシっといつもとは違う襟付きの服に着替えたミルフィが、毅然とした態度で立っていた。

……何この人かっこいい。

可愛いだけじゃなくて、こんな一面もあるの!?

凄くない!?　朝起きたときは「お腹すいたにゃあ」とか言っていたよね!?

今はむしろ話しかけたら「……私に何か？」みたいな返答しそうな顔しているけど!?

「慣れないだろうに悪いな」

俺の変な挙動に気づいたのか、隣の美女が話しかけてきた。

もとい、S級冒険者のブリジットさん。

赤い髪に、すべて見透かすようなグリーンの瞳が特徴的だ。

高身長で、頼れる姉貴って感じ。

なんとこの人が、ギルドを通して俺たちを必要としてくれたらしい。

内容は『エルティア王女』の『観光のお手伝いと荷物持ち』だ。

ここに来る必要はなかったのだが、やるなら最初から最後まで手伝いしたいと頼み込んだ。

とはいえ、まさか王座の間に通されるとは思わなかったが。

「大丈夫です。緊張はしていますが」

「そうか。もうすぐ終わる。無理するなよ」

ミルフィいわく、S級は規格外。

魔力量、戦闘力、能力（スキル）、すべてにおいてA級とは天と地ほどの差があると。

そのとき、俺の視界の右上がチカチカした。

……クソ、なぜこのタイミングで!?　たまにしか出てこないのに!?

今まさに姫が、何か凄そうな書状を陛下からもらっているところだ。

なのに、クソッ、煩悩よ！　静まり給（たま）え！　静まり給え！

……ポチッ。

『ブリジット・パーカー』

S級冒険者。
好きな物：クマのぬいぐるみ、裁縫、料理。
持ち物：S級剣、S級短剣、S級防具。
装備品：白い襟付きのシャツ、白いロングパンツ、可愛いフリルの白下着。

好きな物が『ぬいぐるみ』だと!?

嘘だろ……な、なんて男心をくすぐるんだ。

裁縫に料理——白下着。

「……俺を殺すセットすぎる」

「ん？　いま何か言ったか？」

ゲームセット、試合終了。

ブリジットさん、あんた神だよ。

これは確かに規格外です。

「問題ございません。任せてください」

◇

「ふにゃああ、気を張ってたら疲れたにゃあああああ」

すべてが終わって城の裏口、少し離れた場所で待機していた。

服も着替え終わり、俺たちはいつもの冒険者の装いではなく、平民っぽい服に着替えていた。

ミルフィは豪快にあくびをしている。

「しかし驚いたな。あそこまでキリッとしてるミルフィを見るのは初めてだった。でもかっこよかったぜ」

「えへへ、ありがと。でも、タビトもかっこよかったよ。途中でなんか驚いてたみたいだけど、何かあった？」

「いや、それは気のせいじゃないかな」

すまないミルフィ。

煩悩を消す努力はしているので、どうか許してほしい。

するとそこに、ブリジットさんとエルティア王女が現れた。

本当に、という表現が正しいのかどうかわからないが、マジで今から秘密の護衛&観光をするのだ。

わざわざお忍びで街を見たいだなんて、結構なおてんばなのだろうか。

ブリジットさんは、夏のワンピースのような服に着替えていた。

庶民的ではあるが、美人が隠し切れていない。

王女は、可愛い幼馴染(おさななじみ)みたいな素朴感のあるブラウンの服を着ている。

美人は隠し切れていないが。

「エルティア王女、時間は夕刻過ぎまでとなります。そして、ここから名前はなんてお呼びしましょうか」

ブリジットさんの言葉でハッとなる。確かに『王女』だとか『姫』だとかいうわけにもいかないもんな。

「まずは今日よろしくお願いします。基本的に名前は呼ばなくて結構です。しかし、必要ならエルを飛ばして『ティア』とお呼びください。敬称、敬語は結構です」

そう言いながら、ティアはペコリと頭を下げた。

殿下のときと違って無表情だ。

これが素なのだろうか。まあ、愛想笑いをする必要もないか。

「よろしくお願いします。僕はタビト、仲間のミルフィです」

「よろしく！　ティア！」

そのときミルフィが、とんでもなくラフな挨拶をした。

俺は慌てて訂正しようとするも、先ほどの言葉を思い出す。

「はい、それでお願いします。おそらく私が一番年下なので、普通に話してもらえるとありがたいです。そのほうが、周りからも怪しまれないで済むので」

怒られるどころか、何ともドライな返事が返ってくる。ミルフィは気にしていないみたいだった。

とはいえ、依頼者の望みを叶えるのが冒険者の仕事か。

……よし。

「よろしくな『ティア』、今日は俺に任せてくれ」

「タビトは観光の達人だよ！　安心してね！」

それから俺たちは、ティアのご希望通り『観光』から始めた。

事前に調べていたので、まずは有名な大神殿から。

『オルトリア王都大神殿』
4・8★★★★★（5321）
『C級冒険者』
★★★★。
年に一度の〝祝福の儀式〟では大勢が集まる。

通常時も人が多く、とても綺麗。

『A級冒険者』
★★★★。
女神の石像の横には、かの有名なアドバルスの言葉が記載されている。

見逃すなかれ。

『王都民』
★★★★。
西のステンドグラスの絵は、アーサー・ドルスティが描いている。

見逃しがちだが、ファンにはたまらない。

「…………」

大神殿は、俺が想像していたよりも綺麗なステンドグラスで彩られていた。

幻想的な光が、観光客を照らしている。

間違いなく楽しんでもらえると思っていたが、どうやらティアはあまり興味がないようだ。

ミルフィも積極的に声をかけているが、返事がどうも要領を得ない。

……このままだと、俺たち冒険者の信用にも関わる。

楽しんでもらえなければせっかくの依頼が台無しだな。

「ティア」

「……なんでしょうか？」

俺は、クチコミに書いてあることを伝えた。できるだけおもしろいであろうものを選出し、おもしろおかしく。

ティアは相槌を打ちながら頷き（うなず）はじめた。

興味があるのかないのかはわからないが。

「それで、これが『アドバルス』の言葉らしいんだ。その横のステンドグラスは『アーサー・ドルスティ』が――」

「……何でも知っているんですね」

「タビトは本当に凄いにゃ！　ティアも何でも聞いてみて！」

それは言いすぎだと思ったが、その勢いが良かったのだろう。

ティアが初めて笑う。

「ふふふ、だったらこれは何ですか？」

急いでクチコミを検索、書いてあることを伝える。

段々と興味津々になってくれて、ティアが笑顔を見せてくれるようになった。

ああ、なるほど。

こっちが本当の彼女なのか。随分と可愛らしいな。

ただ……『アドバルス』と『アーサー』って誰だ……？

「ティア、これも凄いにゃ！」

「わ、ほんとだ」

やがてミルフィとティアは、姉妹のように声を掛け合っていた。

心を許してくれているのか、初めて会ったときとは違う表情を浮かべている。

そのとき、ブリジットさんが声をかけてきた。

「ありがとう。私は観光に疎くてな、おかげで助かるよ」

「あ、いえ。こちらこそ」

「……それにしても君は博識なんだな。それか、それも能力の1つか？」

「そうですね。人のその、何というか、強く感じたことがわかるっていうか」

「……興味深いな。また時間があるときにゆっくり話してみたいものだ」

「こちらこそです」

事前に伝えてもらっていたが、ブリジットさんは基本的に完全護衛に徹するという。

俺たちは案内役、ツアーガイドみたいなもんだ。

にしても、ブリジットさんがたまにジッと不思議そうにこっちを見ている気がする。

そんなめずらしい顔しているか？　俺。

「タビト、ティアが『スイーツ』が食べたいって！」

観光だけと聞いていたが、まさかの注文に驚いた。

ティアが、恥ずかしそうにもじもじしている。

……可愛いな？

「何か要望はあるか？　果実がいいとか、クリームとか」

「ええと、その、チョコレートが……その、好きで……」

もじもじティア、ティアもじもじ。

「わかった。じゃあ、最高のチョコレートの店を探すぜ！」

ハッ、これが王女なのか。ただの、普通の女の子だな。

ティアがぱあっと笑顔になる。

それから良いクチコミを見つけて、お店に入る。

おすすめを頼んだあと、ティアは、ほっぺにチョコレートをつけながら美味しいと笑った。

そして――。

「タビト、本当にありがとう。凄く……楽しいです」

「気にするな。俺も良い店を知れて楽しいぜ」

「にゃあ！」

この瞬間、俺は仕事を引き受けて本当によかったと感じた。

◇

「ねえ、タビト、ミルフィ！　次は王都の街並みが見たいんだけど――」

「ティア、そろそろお時間です」

街の往来、とびきりの笑顔で振り返った彼女に、ブリジットさんが告げた。

夕刻のとき、約束の時間だ。

それを忘れてしまうほど楽しかったらしく、最後は砕けた言葉で話してくれていた。

良い店を見つけすぎたので、お土産もいっぱい購入した。

念のため、旅行鞄を空にしておいてよかった。

『旅行鞄』１８５０／２０００。

任務とはいえ本当に楽しかった。

知らない場所へ行くこともできた。

ただ、ティアは悲しげだった。

「……最後に王都の街並みを見たいのですが、難しいでしょうか？」

「申し訳ありません。冒険者ギルドとの信用問題になりますので」

ミルフィもこればかりはどうしようもないといった様子で余計な口出しはしなかった。

そのとき、新しいスキルをゲットしたとアナウンスが流れた。

たくさん歩いたからだろう。

「……ですよね。すみません、楽しすぎてついわがままを言ってしまいました。本当にこんな無茶を聞いていただき、ありがとうございました。凄く楽しかったです」

「こちらこそ楽しかったよ！　ティア、また遊ぼうね！」

それを言ってから、ミルフィが慌てる。

すっかり姫ということを忘れてしまっていたんだろう。

慌てて訂正するも、ティアはむしろ嬉しそうだった。

「ありがとう。よかったら、また遊んでください」

「にへへ、ありがとにゃ！」

「俺も楽しかったよティア」

だがそのとき、ほんの少しだけだが、ティアの表情に陰りが見えた。

俺は気づいてしまった。彼女の表情の意味が。

……ああ、そういうことか。

帰り道、ブリジットさんから隠れて、ティアに声をかける。

「今日は王城に泊まるんだよな？　帰りは明日か？」

「え？　あ、はいそうですけど、どうしましたか？」

「……夜中、迎えに行っていいか」

「ど、どういう――」

「街並み、見たいんだろ？」

小さな声で問いかけると、ティアは少しだけ顔を明るくさせ、静かに頷いた。

それからすぐ王城の裏口に着き、待っていた執事さんにティアを引き渡し、任務完了だ。

「ありがとうございました。またね」

「ああ、またなティア」

護衛終わり、ブリジットさんが声をかけてきた。

「ありがとう。任務はこれで終了だ。突然だったのにすまないな」

「いえこちらこそありがとうございました。なんか、俺たちだけ楽しんでしまった感じで」

俺の返答に、ブリジットさんはどこか不思議そうな顔をしていた。

「……タビト、記憶喪失だと聞いたが、それは本当か？」

「え？　あ、はいそうですが」

「……そうか」

「どうしました？」

「何でもない。報酬については後日になるだろう。私も今日は疲れたので休む。またゆっくり話をしよう。エルティア王女と同じだが、私も楽しかったよ。ミルフィもありがとう」

「ありがとうございましたにゃ！」

一度も振り返ることなく去っていくブリジットさん。

かっこいい。

できる女って感じだ。

ただ俺は申し訳ないが気づいていた。

お土産屋さんで、クマのぬいぐるみをジッと見ていたことを。

俺たちが気づかない間に、手に取って「可愛い……」と呟(つぶや)いたことも。

そして今まさに、その店にまっすぐ向かっていっていることを。

……可愛すぎるだろ。

「タビト、さっきのティアに迎えに行くって何？」

「え？　き、聞こえてたのか？」

「耳はいいからね。どういうこと？」

「ええとな……」

そして俺は、ミルフィにすべてを話した。

深夜、王城の外。

目立たない身なりに扮装して待機していた。

そして、壁を伝ってくる人影、もとい耳が見える。

ぴょんぴょん、だがその速度はおそろしいほど静かで速い。

背中に、王女を連れていた。

「到着っ！　ティア、大丈夫？」

「は、はい！　それにしても驚きました……まさか本当に来てくれるとは思わなくて」

「悪いな。つうか、これってバレたらどうなるんだ？」

「多分、首を切られるんじゃないかにゃー」

「え、マジ？　クビとかじゃなくて？　物理的に？」

「あ、ええと……私が言うのもあれですが、可能性はあります……」

どうやらとんでもないことをしているらしい。

俺は——考えるのをやめた。

「ティア、じゃあ手を繋いでくれるか」

「え？　は、はい！」

「ん、ミルフィどうしたんだ？　行こうぜ」

「私は王都の入口へ向かうよ。戻ってきたときに、誤魔化す必要があるかもしれないし」

「確かにな……悪いなミルフィ」

「私はいつでも見れるから。楽しんできて。いってらっしゃい、ティア」

「ありがとうミルフィさん、任務が終わっても変わらないでいてくれて」

「当たり前だにゃ！」

ティアとミルフィが、嬉しそうに笑う。

「よし、じゃあ行くぜ。——ティア、俺を信じて目を瞑ってってくれ、その代わり、おもしろいものを見せてやる」

「わ、わかりました。はいっ」

さあ、行くぜ——。

『10秒後に移動します。戦闘状態になった場合は、強制的に解除されます』

「目開けてみな、ティア」

「ん……え、凄い。凄い凄い凄い！！！！　——凄く、綺麗」

『王都付近、秘密の夜景』

5・0★★★★★（45）

『王都一のロマンチスト』
★★★★★。

結婚を申し込むため、必死に探した場所。
答えは言うまでもない。
僕の隣には、愛する妻がいるからな。
『偶然見つけた冒険者』
★★★★。
綺麗な場所だー。
凄い、ほんとに凄い。
『A級冒険者』
★★★★★。
1人になりたいとき、俺はここへ来る。
景色が綺麗で、王都の街並みが一望できる。

ここは、本当に偶然見つけた場所だ。
クチコミがなければ気づかなかっただろう。
護衛任務が終わったあと、レベルが上がって手に入れた『フリーピン』。
それを刺したのだ。
差し替えにまた時間がかかるが、ティアに喜んでもらいたかった。
「これを私に見せてくれるために……本当にありがとうございます」

ティアは本当に嬉しそうだった。

ずっと疑問に思っていた。

彼女はどうしてお忍びで観光なんてしたいのだろうと。

気づけば俺は、自然と尋ねていた。

「元々は、お母様と2人で観光しようって話してたんですよ」

「そうなのか？　でもお母さんは一緒じゃなかったよな？」

「……亡くなったんです。病気で」

「そうだったのか……悪いな」

「いえ大丈夫です。でも私は、お母様と行く予定だった観光をしたかったんです。ですが、お父様はどうしても許してくれませんでした。それで、今回だけ無理を言ってお忍びでお願いしたんです。ただ、やはり複雑な気持ちでした。お母様がいないのに、1人で楽しんでるみたいで……」

どうりで最初は物静かだったのか。

感情を表に出してはいけないと思っていたのだろう。

「でも、本当に楽しかったです。ミルフィさん、タビトさん、ずっと護衛をしてくれていたブリジットさんに感謝しています。おかげで、自国に戻ってからもいい思い出になりそうです！」

ティアは笑顔だった。満面の笑みだ。

でも――悲しげだった。

「ティア、無理するなよ」

「……え？」

「俺の前では取り繕わなくていい。もっとわがままを言っていいし、砕けて話していい。普通でいいんだ」

「……どういう意味ですか」

「俺は君を王女として見ていない。ティアとして接している。だから、普通でいいんだ」

「……普通」

初めて見たときの彼女は、俺からすれば遠い存在に見えた。

まあ実際にそうだが。

だが街で色んなものを見て喜んでいる彼女は違った。

まるで、普通の子だったのだ。

そのときようやく気づいた。

王女は、ただの女の子だってことに。

それに仕事も、悪いがとんでもなくブラックだった。

突然の外交を言い渡され、長期外遊をすることもある。どれだけ悲しいことがあっても、表情は笑顔しか許されない。

いつでも護衛が付き、少しでも危険な情報が入ると部屋に籠るしかなくなる。

自由はなく、ただ政治のために動く。

その顔が、以前の俺と重なったのだ。

責任感から自分を出すことができない。ティアは、俺以上につらかったはずだ。好きなことですら1人でできないのだから。

ずっと黙っていたティアだったが、ぐすぐすと泣きはじめる。

え、ええ!?

「ど、どうしたんだティア!? ごめんな!?」

「ち、違います。……嬉しいんです。こんなによくしてくれて、ここまで私のことを考えてくれていたことが……」

「……俺にティアの本当の気持ちはわからない。けど、人は本来自由だ。ティアの立場ではなかなか難しいと思うが、本当に嫌になったら遠慮なく言ってくれ。一緒に冒険にいこう。案外、髪型を変えただけでもバレないんだぜ」

「……本当ですか?」

「ごめん、多分だ。でも、きっと大丈夫。案外何とかなるもんだよ。ちゃんと、ミルフィにも許可は取ってるぜ」

するとティアは、笑いながら涙をぬぐった。

「えへへ、ありがとうございます。……初めは今の立場でも楽しかったんです。護衛の人とも家族みたいで。でも、段々と私が大人になっていくにつれて、よそよそしくなって……日常会話っていうのかな、そういうのができなくなりました。戦争が始まってからは最悪です。外にも自由に出られなくなって、私のやることは社交辞令とご機嫌取り、ほんと嫌」

ティアが初めて見せる言葉遣いと表情だった。

人は一面だけじゃわからない。

俺が異世界人であるように、みんな秘密や過去、想(おも)いを抱えているのだ。

「でも、私を慕ってくれている人たちの笑顔は好き。喜んでくれるのが好き。だから、仕事というか、今の生活は楽しいです。でも、たまには……私も……」

「息抜きがしたい？」

「そう！　今日は本当に楽しかった。友達と遊んでるみたいだった。なんて……依頼をしただけなのに」

「何言ってんだ？」

「え？」

「俺たちはもう、友達だろ。ミルフィも言ってたぜ。ティアとまた遊びたい、私も一緒に夜景見たかったって」

「……えへへ、友達。私に、友達……嬉しいな」

「ハッ、俺たちで良ければだけどな」

「こちらこそです！　本当にありがとうございました！」

「ました、はいらないだろ」

「えへへ、ありがとう」

それから２人で少し話をした。

俺は、彼女に異世界人であることを伝えた。

記憶喪失ではなく、彼女には真実を話したかったのだ。

心のうちを明かしてくれたからこそ、伝えようと。

そしてミルフィが仲間を探していることも。

「私も自国に戻ったら調べてみます。それに……死の将軍を倒した話は聞いたことありますよ。誰も勝てなかったって、凄いですね……」

「みたいだな。でも……疑わないのか？」

「当たり前ですよ。友達の言うことですから！」

「ははっ、だな」

夜景を少し眺めたあと、俺たちは再び移動(テレポーター)した。

王都の入口ではミルフィが待っていてくれた。

急いで王城まで戻って、後は彼女に任せた。

無事に帰ってくるまでヒヤヒヤしたが、何も問題なかったらしく、城の外まで戻ってきた。

さすがに神経を使ったのか、めずらしくミルフィも疲れている。

「ミルフィ、ありがとな」

「大丈夫！　ティア、嬉しそうだった。タビトに何度もお礼言ってたよ」

「ああ、ミルフィにも言ってたぜ。本当に楽しかったって」

「えへへ。あ、そういえば国で待ってるって！　いっぱいご馳走するって言ってくれたよ！」

「ああ。それに俺たちのことも調べてくれるらしい。次の国は決まったな」

「楽しみだにゃ！　ふぁああ、今日はぐっすり寝るにゃあ」

「確かにな。昼過ぎまで寝過ごそうぜ」

「賛成！」

そのとき、マップがチカチカしていたので目を凝らすと、近くに驚くべき名前を見つけた。

地図には、一度会っていたり話したことのある人が名前付きで表示されるのだ。

ちらりと視線を向けたが、姿は現さない。

もしかして……隠れて護衛を——。

ありがとうございます。ブリジットさん。

「ん？　タビト、なんで頭下げてるの？」

「ちょっとな」

◆

「……気づいてたのか。気配は完全に消していたはずなんだがな」

しかし夜中に姫を連れ出すとは、なかなか勇気のある2人だな。あの様子だと夜景でも見に行ったのだろう。……うらやましいな。

しかし透明になれるのか？　よくわからないが、瞬間移動だろうか。

そして本当に私が知っている彼なのだろうか。
性格が随分と変わっている。
記憶を失ったと聞いたときは驚いたが、声も顔も、全部同じだ。
「……記憶喪失、か。少し調べてみるか」
さて、新しく買ったクマちゃんを抱きながら寝るとしよう。
えへ、えへへ。

『ミルフィ』
★★★★★。
今日は友達ができて幸せいっぱいにゃ。
私も夜景見たかったなー。
『タビト』
★★★★★。
色々と勉強になる任務だった。
責任感もそうだが、人の気持ちが一番大事だ。
これからも頑張るぜ。

『エルティア』

★★★★。

本当に幸せな1日だった。

もっと遊びたかったな。

タビトとまた会いたい。

『ブリジット』

★★★★。

任務も無事に終わってよかった。

それにしてもタビトは私を覚えていないらしい。

しかしこのクマさん、可愛いな……むぎゅっ。

『吸血蜥蜴（ブラッドリザード）』

ステータス：通常状態。

特徴：強力な嚙（か）みつき攻撃を持ち、血と魔力を吸い取る能力を持つ。

鱗（うろこ）の硬度は非常に高く、物理攻撃がほとんど通らない。

また鱗は火属性に対して弱点を持つが、水属性と土属性に対して強い耐性を持つ。

特殊能力：ゆっくりと時間をかけて自動回復していく。

弱点：腹部が最も脆弱（ぜいじゃく）な部分であり、大ダメージを受けやすい。

「ミルフィ、腹だ！　腹を狙え！」

「わかった！」

『王都付近、魔の沼』

２・３★★☆☆☆（５４７８）

『C級冒険者』
★★☆☆☆。
現れる魔物が硬すぎる。
なんだこいつら。
『D級冒険者』
★☆☆☆☆。
足が沼地にはまって動けねぇ！
ひ、ひぃぃ。
『B級冒険者』
★★★☆☆。
弱点は個体差であるみたいだが見極めが難しい。
素材は非常に高値で売れるが、難易度が高いな。
『F級冒険者』
★☆☆☆☆。
た、助けてくれ沈んでいくううう。

俺とミルフィは、狩場を順調に増やしていた。
フリーピンは現在３本。今は『魔の沼』と『魔の崖』に刺している。

1本は何かあったときのために残していた。

「さあ、いい子だ腹を見せな！」

獰猛（どうもう）な蜥蜴が襲いかかってくるも、右足で蹴りつける。

そこに短剣をグサリと刺す。

この詳しくなった情報は、新しく手に入れた『ガイドレンズ』というスキルのおかげだ。

今まで最低限だったが、弱点も赤く見えるようになり、わかりやすく表示されるようになった。

落とし物も『！』ではなく『1ギール』といったように。

ズブズブと刃が突き刺さり、蜥蜴が絶命する。

ミルフィも同じく倒したらしい。

安全な場所に移動して、いつもの解体作業に入る。

「この皮は……こうか？」

「そうそう。で、そこに筋があるからしっかりと切り取って血抜きするの。魔物は魔力が動力源だから、血抜きも動物と違って時間がかからないのは利点かな」

「なるほど……けど結構大変だな」

「慣れだよ、頑張って」

「ああ」

今まで任せきりだった作業も、彼女に教わっているところだ。

今までこんなことはしたことない。力と根気のいる作業。でも、頑張らないとな。

「さて、戻るにゃ」

「おう。今日は結構疲れたな……」

「敵も多かったからねえ。にしても、日に日にタビトの動きがよくなってるよ。死の将軍を倒したのは伊達じゃないねえ」

「俺であって俺じゃないけどな」

王都までエリアピンで戻ると、我が家に戻った気持ちになるくらい愛着がわきはじめていた。

リルドのおっさんも相変わらずいいやつだし、門兵とも仲良くなった。

エリアピンが2本になった時点で移動の予定だが、ここから離れるときは涙でも流してしまいそうだ。

すると、街中が騒がしいことに気づく。

「募ってるらしいぜ。行くか？」

「サイクロプスか、面倒な魔物だが実入り次第だな」

「報酬はかなり高いらしい。急いでるんだとさ」

屈強な男たちが、冒険者ギルドに向かっている。

何度か見たことあるやつらだ。

金が好きで、よく酒場を飲み歩いている。

「ミルフィ、今の聞いたか？」

「もしかしたら緊急討伐かも」

「緊急討伐？」

「たまにネームドって呼ばれる魔物の強い個体が生まれるんだけど、そのときは兵士だったり、冒険者を募って大勢で討伐するんだよね。普通よりかなり強くて」

なるほど。つまり今のはその話ってことか。

「とりあえず見に行こうか。情報収集もできるだろう。もしかしたら俺を知っているやつやミルフィの同胞がいる可能性もある」

「そうだね。報酬次第では受けてもいいだろうし」

そのまま移動。ギルドの扉を開けると、かつて見たことがないほど人で溢れていた。

荒くれものとまではいわないが、装備も良いやつらばかりだ。

人混みをかき分けながらカリンさんに声をかけると、これから10分後にネームド討伐で移動を開始すると教えてもらった。

近郊の川に陣取っているサイクロプスの亜種が道を塞いでいるらしい。

「参加するだけで金貨1枚だってさ。すげえ大盤振る舞いだな」

「見た感じ、かなり急いでるみたいだね」

報酬が想像以上に高い。理由を尋ねると、今夜、他国から外交官が来るらしく、急いで処理をしないといけないそうだ。

赤字は覚悟の上で、ということらしい。冒険者たちの頬が緩んでいる理由がわかった。

ちなみに俺たちも参加可能だ。

「ミルフィ、どうする?」

「任せるよ。実入りがいいとはいえ、少なからず危険はあるし」

「そうか。なら、A級冒険者としての意見も聞かせてくれないか?」

「……そうだね。報酬は置いといて、周りを見る限りではB級もいるみたいだし、この人数なら問題ないんじゃないかな」

「よし、ならやろう」

俺たちは2人だがパーティーだ。

ミルフィはガイドマップのこともあって基本的な決定を俺に委ねてくれている。

懐は潤っているが、いつまでこれが続くのかもわからない。

冒険者のほとんどが報酬をもらったその日に飲み食いや夜遊びでお金が消えるらしい。

それに、ネームド討伐という経験も積んでおきたい。

「わかった。それじゃあ、武器と装備の再確認しておこっか。それと、もしはぐれたときの集合場所と合図も」

戦闘前のミルフィは頼りになる。

いつもはほわほわしているが、表情を切り替えて、何度も装備の点検を口酸っぱく言うのだ。

基本的なことができていないと簡単に死ぬ、それが彼女の口癖でもある。

だからこそA級なんだろうな。

「集合場所はわかるが、合図ってのは？」

「これだけ大人数がいると何が起こるかわからないからね。夜になる可能性や目つぶし、魔法で目くらましもありえる。同士討ちはしたくないにゃ」

夜はまだまだ先だが、色々な経験もあるんだろう。

俺では到底考えられないこともこうやって伝えてくれている。

なくてはならない存在だ。

するとそのとき、人混みをかき分けて高身長姉さんが現れた。

もとい、ぬいぐるみS級――ブリジットさん。

「なんだ、君たちも来てたのか」

「ブリジットさんも行かれるんですか？」

「ああ、私が先導する」

S級がいるとは思わなかった。

なるほど、どうりで緊張感の欠片もないわけだ。

ほとんどが、おんぶに抱っこってことだな。

「あいつら、ブリジットと親しげに話してるぜ。誰だ？」

「最近かなり稼いでる2人だよ。A級とD級って話だが」

「なんだそのちぐはぐコンビ、どう取り入ったんだ？」

聞こえている、聞こえていますよ。

ちなみに今までも何度かこういう陰口はあった。

荷物（ポーター）としてのことが大きく広まっているので、ミルフィの金魚の糞（ふん）みたいに見えているのだろう。

間違ってはいないが、俺も戦っているんだぞプンプン！

「私が先導する予定だが、２人も気を付けてくれ」

「わかりました」

「ありがとうございます！」

王都兵士も付いてくるらしいが、外交官の護衛と準備で忙しいのか少数らしい。

不謹慎ではあるが、ブリジットさんの戦っているところは見てみたい。

きっと……『すげえ』んだろうな。

話が終わり、S級とA級、B級だけが指揮系統に組み込まれるらしく、それ以下は外に出された。

なんだか寂しいが、後でミルフィに聞けばいいだけだろう。

ここからすぐに移動だ。

まだ行ったことのないエリアなので、ガイドマップ的には進捗率も増えるし一石二鳥でもある。

「よォ荷物持ち。いい気になってんじゃねえぞカス」

サイクロプスか、きっとデカいんだろうな。

やっぱり1つ目だろうか。

「おい聞いてんのかヒモ男」

っと、戦闘に頭を切り替えておかないと。

ん？　なんだこいつ？

「おいコラ無視すんじゃねぇよD級の雑魚が、俺様はC級のガルダス様だぞ」

「…………」

気づけば隣に大男がいた。

背中にデカい斧を背負っていて、横には目つきの悪いのが2人。

どうもわかりやすい絡まれ方だが、意外にも今まではなかった。

ああそうか、ミルフィがいないからか。

思えば俺たちはずっと一緒だ。

逆をいえば、こいつはA級が傍にいると声をかけられないレベルってことでもある。

今までの俺なら無視をしたり、適当にあしらっていただろう。

だがこの短い期間でも学んだことがある。

冒険者は舐められたら終わりだ。

寝込みを襲われることもあるらしい。

「黙ってろ。任務の前に死にたくなけりゃな」

ならば毅然とした態度で接するべきだ。

ガルダスは少しだけ驚いていた。言い返されるとは思ってなかったのだろう。

しかしすぐに表情を戻す。

「てめぇ、討伐の前にぶち殺してやろうか？　A級連れてるからって俺に勝てると思ってんのか？」

そういえば人と戦ったことはない。元の世界で喧嘩なんてしたこともない。

なのに頭はやけに冷静だった。


――やってやろうか？


しかしそのとき、会議が終わったらしいミルフィたちが外に出てくる。

それに気づき、ガルダスが舌打ちをした。

「ケッ、雑魚が。せいぜい俺の邪魔するなよ」

「ああ、お前もな」

ったく、どうしてこうどこでも嫌なやつってのは存在するんだろうな。

他人を蹴落とすことで自己肯定感を上げたいんだろうが。

「タビト、どうしたの？　何かあった？」

「いや、何でもないぜ。それで、なんて？」

「かなり急いでるね。普通はもっと作戦を詰めるんだけど、現地で決めるんだってさ。もしかしたら、階級ごとに分かれるかも」

「そうか。俺のことは気にしなくて大丈夫だ」

「でも私は、危険を察知したらタビトのことを助けに行くよ。それは、譲れないから」

「……ありがとな」

それぞれの冒険者に視線を向けていると、辞退者はほとんどいないみたいだった。

屈強な男たちに交じって、女性も結構いる。そしてその中でひときわ小柄な、黒いフードを被っているやつがいた。思わず自然と目を向けるも、ササッと隠れるかのように消えていく。

「タビト、どうしたの？」

「いや、すげえ小さいのがいたから、子供も参加してるのかなと思ってな」

「そういう子もいると思うよ。でも、種族も関係してるかも」

なるほど、確かに元々小さいとかもあるのか。

そう思うと、やっぱり人は見かけで判断できないな。

それは魔物も同じだろう。改めて気を引き締めなきゃな。


『ミルフィ』
★★★★☆。
緊急討伐、何事もなかったらいいけど……。

タビトのことは絶対守らなきゃ。

『タビト』
★★★★☆。

油断せず、ミルフィと離れても自分のやるべきことをやる。
嫌なやつは無視だ。
『ガルダス』
★★★☆☆。
ケッ、金魚の糞が粋がりやがってよお。
俺様が全部倒してやるぜ。

「移動開始だ。当分、休みはないぞ！」

引率する兵士が大声で叫んで、全員が歩きだした。

結局、冒険者は30人以上も集まった。

ブリジットさんは兵士と共に先導してくれている。

後は、まるで遠足のようにぞろぞろと付いていく。

「なあ、報酬をいただいたら夜通り行こうぜ」

「ハッ、お前も好きだな」

周りはすでに余裕の笑みを浮かべていた。

人数が多いからなのか、それとも単にネームド討伐が難しくないからなのかはわからない。

「油断してるだけだよ」

俺の表情に気づいたのか、ミルフィが言った。

「何が起こるかなんてわからない。たとえ簡単な薬草拾いでも油断していたら死ぬ。それがわからない人は、淘汰されていくよ」

誰かにそのことを伝えようと思ったが、そんなことをすれば喧嘩を吹っかけているのと変わらないだろう。

冒険者の世界は『等級』が絶対正義だ。俺の話なんて、鼻で笑われるのがオチか。

すると、先ほど俺にちょっかいを掛けてきた男たちが横から声をかけてきた。

「報酬の1割やるから、俺の荷物(ポーター)してくれよ」

「ハハッ、俺のも頼むぜ」

ミルフィは軽く睨(にら)んだが、このくらいはよくあるのだろう。

とはいえ、何か手を出したらすぐにでも叩(たた)き潰しそうな顔をしていた。

大人数で喧嘩になればどっちが悪いかなんて関係ない。

それがわかって声をかけてきている。ったく、タチが悪いな。

「報酬の9割ならいいぜ。その代わり、全部の荷物を持ってやるよ」

「ハッ、言うぜこいつ」

バカにするような態度で笑う。

こういう輩はどこにでもいるが、何がおもしろいのか。

「タビト、限界を超えたら教えて。――戦いに紛れて殺すから」

ちなみにミルフィがかけてくれた言葉だが、多分本気だった。

1時間ほど歩いたところで陣列が止まった。

俺には結構な距離だったのだが、周りは割と近いんだなと声を掛け合っていた。

このあたりは、さすが冒険者たちって感じだ。

マップはかなり広がっていた。

ただ、左右の部分が見切れていたりするので、完璧主義の俺にとっては凄くむずがゆい。

後、めちゃくちゃ『落とし物』もスルーした。

これはこれでつらい。ステータスで変な称号が増えそうなのでこれ以上は我慢する。

目の前には、馬車が通れそうな小さな橋と川、そして巨石がいくつか並んでいた。

『王都近郊、オジアリアの川』
3・4★★★☆☆（9845）
『オルトリアの商人』
★★★☆☆。
綺麗な川だが、たまに魔物が出るんだよなあ。

警備とか付けてくれないかなあ。

『C級冒険者』
★★★☆☆。
川床には魚がいるので野営ができる。

日によっては魔物も出るので注意。

『B級冒険者』
★★★☆。
比較的静かな場所。

出現する魔物もそれほど強くないが、たまに様子がおかしい。

『A級冒険者』
★★★☆☆。
巨大化の亜種と戦ったが、デカすぎる。


「聞いてないぞ……」

そのとき、兵士が呟いた。

この前気づいたが、俺の耳は随分と良いらしく、聞き分け能力に長けている。

先頭のブリジットさんが、遠くを見据えていた。

思わず、息をのむ。

まるで山のようにそびえ立つ巨体が、岩陰から徐々に姿を現したのだ。

巨大すぎる体軀(たいく)。特徴的な1つ目は、見るものを震わせるような冷徹な瞳をしていた。

全身が鋼のような筋肉で覆われていて、手に巨大なこん棒を握り締めている。

遠くからでも感じる、圧倒的な威圧感と殺意。一撃でも食らえば、ひとたまりもないだろう。

これが――サイクロプスか。

「おい、なんだあいつ!?」

「デケェ……どういうことだ？」

「クソ、亜種って巨大化かよ。騙されたぜ」

どうやら通常よりもデカいらしい。

ミルフィに尋ねようとしたら「これは最悪だね」と呟いていた。

『ガイドレンズ』で確かめるには、もう少し近づかないといけない。

ブリジットさんが兵士に声をかけていたので、近づいて耳を澄ませてみる。

「一旦引いたほうがいい。もしくは、人数を減らすべきだ。何かあったときに収拾がつかなくなる」

「悪いがそれはできない。こいつらには報酬を与えると約束している。王都の名誉にも関わるからな。それよりも急がねばならんのだ」

どうやら退くつもりはないらしい。

兵士の階級は割と高いらしく、肩には金色の刺繍がされていた。

ブリジットさんは明らかに不満そうにしている。

返答を待つことなく、兵士が後ろを振り返る。

「陣形を整えろ！　臆するな！　全員でやればすぐ終わる。怯んだやつには報酬はやらんぞ！」

その一言が、冒険者たちを動かしてしまった。

作戦はほとんどない。ただ、囲むだけだという。

「こんなんでいいのか？」

「ダメだね。ブリジットさんもわかってるよ。けど、あの兵士の勲章、貴族上がりだ。きっと上から言われて急いでるんだと思う。後は手柄かな」

「……最悪のパターンってやつか」

恐怖、とまではいわないが、先ほどまでの遠足気分とは空気が変わる。

「普通は4メートルくらいなんだけどね」

「どう見てもあれは倍だな」

とはいえ依頼を受けたのだ。

俺もその中の1人である。

そのとき、サイクロプスが魔力を感じ取ったらしく叫んだ。

一直線に駆けてくる。

ブリジットさんが先頭で前に出ると、全員が続いた。

周りの魔法使いが攻撃を放つ。初めて見るが、まるでゲームみたいだ。

だが攻撃が当たってもビクともしない。どうやら図体（ずうたい）と同じく耐久力も高いらしい。

男たちの怒号が聞こえはじめる。これが、ネームド討伐か。

そのとき、マップが反応した。慌てて後方に向かって叫ぶと、冒険者たちも気づく。

そこには姿かたちがまったく同じのサイクロプスがいた。

マップを確認すると、次々と増えていく。

――そうか、川の中に隠れていたのか。

「タビト――」

「ああ」

頭を切り替えろ。これは、命を懸けた戦いだ。

戦闘が始まると、大勢が入り乱れることになった。

どこからともなく新たな魔物が現れる。ブリジットさんは、冒険者を守りながら一番危険な場所で戦っていた。

俺は『ガイドレンズ』を発動させた。以前よりもはるかに性能が上がっている。

『サイクロプス』
ステータス：ネームド状態。
特徴：通常のサイクロプスと比べて非常に大きく、圧倒的な存在感と力を誇る。
非常に攻撃的で、人間の血肉を好むため、見かけると即座に攻撃してくる。
特殊能力：足を使って地面を踏みつけ、周囲の敵を一度に攻撃する。
弱点：単眼であり、ここを攻撃されると一時的に視力を失い、大きなダメージを受ける。

俺の目には、サイクロプスの弱点が赤く光って見えていた。

厄介なのは、身長差がありすぎて目が狙えないってことか。

「さあ――やるにゃあ！」

ミルフィは身体を屈めながら何度も跳躍を繰り返していた。人間では考えられない柔軟な戦いで、思わず唾を飲む。

サイクロプスと同じ目線に飛び上がり、空中でこん棒を回避、そのまま後ろ蹴りで目に一撃を与えた。

「あの猫ちゃんすげええ……」

「あれが、A級かよ」

「グォッアァォオォォ！」

それに続いて全員が取り囲む。

だがこん棒が何人かにぶち当たって吹き飛んでいく。

骨が折れたらしく、口から血を吐く。

圧倒的な破壊力、今までの魔物の比じゃない。

だが不思議と俺は冷静だった。

命を懸けた戦い、それが、ちゃんと認識できている。

呼吸を整えて、駆ける。

「タビト！」

「――大丈夫だ」

ミルフィが心配してくれるも、迫りくるこん棒を寸前で回避。

耳に風切音（かざきりおん）が響いた。

後ろに回って足の腱（けん）を切り裂く。

サイクロプスが痛みで倒れこみ、大勢が切りかかった。

人数差は圧倒的に有利で、まともな戦闘とは言えない。だがこれが戦いだ。

そして驚いたことがある。

「――防御（シールド）」

「あ、ありがとよ！」

「すげえ、今の見たか？」

黒いフードを被った魔法使いが、完璧なタイミングで何度も冒険者を守っていたことだ。さらによく見ると、自分の身体が光っていることに気づく。何らかの魔力を帯びている。不快なものではなく、むしろ暖かさを感じる。そこで、ミルフィが隣に立った。

「支援魔法だね。この人数に付与できるなんて、凄いにゃ」

後ろを振り返ると、黒いフードが魔法の杖を俺に翳していた。

彼女が褒めるなんてよっぽどだろう。初めて見る魔法に興奮しつつも、サイクロプスの叫び声で、視線を戻した。

「ミルフィ、死ぬなよ」

「そっちもにゃっ！」

ああ、やっぱりこの世界はおもしろい。

「はあはあ……」

「しぶといやつだったな」

「ケッ、大したことねえぜ」

それから何体も倒した。

先頭ではブリジットさんが猛威を振るっていた。ほとんどは彼女の手柄だ。

地面には、切り刻まれたサイクロプスが倒れていて、他には通常個体の魔物も。

幸い冒険者の死体は見当たらないが、怪我人は多数。黒いフードの女性が手当てをしていた。治癒魔法まで使えるなんて、と周りが声を漏らしている。やはり相当優秀らしい。

初めてのネームド討伐はかなり難しかった。

連携が取れておらず、攻撃をしようにも人が邪魔になる。これでは、余計に戦力が落ちているような気もした。

ブリジットさんが人数を減らしたほうがいいと言ったことが、よくわかる。

ふうと一息をついていたとき、マップが反応した。

「まだいるぞ!!」

俺が叫ぶと、周囲の岩陰からサイクロプスたちがふたたび現れた。その光景に、冒険者たちが悲鳴を漏らす。

さっきよりもデカく、何よりも目が充血していることに驚いた。

「うわあああああ、怒り状態(アンガー)だ！」

1人が叫ぶと、まるで混乱の渦だ。

怒り状態(アンガー)は、俺も一度だけ狩場で見たことがある。

同胞が殺されたことによる怒りで脳のリミッターが外れるらしい。

魔物にもそういった個体があることに驚いたが、複数同時は初めてだ。

魔力量が爆発的に増え、命を燃やすほどの怒りで、何倍も強くなる。

ガイドマップで敵の居場所を確認して、叫ぶ。

「まだいるぞ！　前と後ろだ！」

「に、逃げろおおおおおおおおおお」

すると貴族兵士が真っ先に逃げ出した。

だがその先は、魔物が隠れている最悪な場所だった。

足がおぼつかないらしく、浅瀬にも関わらず倒れてしまって、溺れる。

ブリジットさんが気づいて追いかけるも、最悪な連鎖が起きてしまっていた。

今まで逃げたがっていた連中が、雇い主の意思表示のせいで許可を得たのだ。

阿鼻叫喚(あびきょうかん)、逃げ隠れしていた冒険者が、叫びながら離れていく。

もちろん、怪我人だけが置いて行かれることになる。

「ま、待ってくれええ」

「た、頼む！　見捨てないでくれよ」

「あ、足が動かねえんだ！」

皮肉にも冒険者の身体は大きく、担いで逃げることは容易じゃない。

つまり、見捨てることになる。

兵士が逃げろと言った以上、戦う理由も存在しない。

地面でうずくまっている中に、俺をからかっていた大柄の男もいた。

俺の隣にミルフィが立つ。

「タビト、私が道を作るよ。まずは逃げ道を確保して、それから――」

「ミルフィ、怪我人を見ていてくれないか。広範囲で動くのは俺よりも向いてるだろ」

「え……どこへ向かうの!?　そっちはダメだよ!?」

「大丈夫。大丈夫だから――見ててくれないか」

俺は、ミルフィに言っていないことがある。

そして、確信したことがある。

何度か戦闘をしたり、この世界に馴染んできたからわかったことだ。

心を許している彼女にも、唯一言えなかった。

「あ、あいつ何するんだ？」

「おいD級、下がれ！」

目を充血させたサイクロプスが走ってくる。

それも5体だ。

普通ならおそろしいと感じるだろう。

まっすぐに視線を定める。ガイドレンズが、相手の動きを予測してくれる。

ただそれだけじゃ勝てないだろう。

自分が思うように身体を動かす必要もあるし、恐怖を感じていたらダメだ。

けど俺にはそんな感情はほとんどない。

おそらく元々の自分、つまり俺の性質なのだろう。


——敵を蹂躙することが、戦うことが、楽しい。

……あァ、お前ら如きが——俺に勝てると思ってんのかァ？


「ガギャッガアア!?」

「——当たらねえよ」

サイクロプスの足元から駆けあがっていく。

怯えたのか、驚いたのか、こん棒を無我夢中で振り回してくるも、鼻先で回避した。

恐怖なんて微塵もない。それどころか、生を実感している。

「悪いな1つ目、俺がいなけりゃよかったのにな」

たのしい、たのしい、たのしい。

サイクロプスは明らかに怯えていた。ぶんぶんと身体を揺らして抵抗するも、そんなもので落ちるわけがない。右手に持っていた短剣を、思い切り目に突き刺す。

「――じゃあな」

容赦なく、体重をかけながら下に切り裂いた。

身体がまっぷたつになりながら、断末魔の叫びを上げた。

まずは――1匹目。

「ギャギァッアア!」

後ろから振りかぶられたこん棒には気づいていた。ガイドマップとガイドレンズが、俺の死角を完全に消してくれている。振り返らずにその場で跳躍して回避すると、こん棒の上に着地した。

眼前には、サイクロプスの目だ。

「よォ、初めからこうすればよかったな」

「ギャッギャッ――」

「なんて言ってんだ?」

頸動脈を切ってから十字に目を切り裂いた。痛みでのたうち回ると、やがて血を流しすぎたのか動かなくなる。するとそれを見た残りのサイクロプスが叫んだ。同胞を殺された恨みだろう。

「かかってこいよ。仇(かたき)が、ここにいるだろ?」

周囲の冒険者たちは、動かず、立ち止まって、俺を見ている。

嬉しくて楽しくて、最後のサイクロプスを殺したとき、笑みを浮かべていたことに気づく。

ハッ……なんだ俺、一体何者だったんだ？

まあいいか。あァ、楽しかったなァ。

そしてミルフィが走ってくる。

するとなんと、思い切り抱き着いてきた。

「タビト、大丈夫!?　怪我は!?」

そこですっかり毒気を抜かれてしまい、ようやく自分に戻った気がした。

「大丈夫だ。ありがとう」

「よかった……てか、凄すぎにゃ」

よく見ると身体に大量の返り血を浴びていた。まるで赤い服だ。

のんびり旅行する予定だったんだがな。

「でも、終わったな」

「ううん、これからがもっと大変かも」

「これからが？」

ふと周囲に視線を向ける。

周りの冒険者が俺を見ながら目を見開いていた。

あーこれなんだっけ。

……俺、なんかやっちゃいました？　だ。

「あいつがサイクロプス相手に無双したっていう、噂のタビトか」

「相当ヤバいらしいぜ。期待の新人（ルーキー）どころか、残虐（クルーティー）って言われてるけどな」

「しかも水晶は黒だったんだろ？　どんな魔法を使うんだろ」

ミルフィの言う通り、サイクロプスの亜種討伐事件から俺は目立ちまくりだった。

広い王都内であっても歩けばヒソヒソ、食事をしていたらヒソヒソ、冒険者ギルド内にいたってはガヤガヤ。

「タビ兄じゃないすか！　今日も任務っすか!?」

「お、おう。おはよう」

「調子どうっすか？　ミル姉さんもこんちゃす！」

「こんちゃー！」

また、以前、俺に絡んできたデカい男、ガルダスが背中を丸めてペコペコ。

命を助けてもらったことと、俺の動きを見て男として惚（ほ）れたらしい。

あのあと土下座もしてきたし、謝罪金も払おうとするくらいには律儀だったので許した。

もうするなよと伝えたら、わかりました！　と心を入れ替えたらしい。

「ガルダスが慕ってやがる……すげえな」

「ああ見えてやべえのか」

変な噂になりそうなので、すぐに外へ出た。「今度飲みに行きましょう！」と最後に言われたが、可愛い女の子よろしくと冗談で言ったら、任してくださいと言っていた。

あいつやっぱりめちゃくちゃいいやつかも。

ちなみに俺が気になっていた黒フードとは話すことができなかった。ミルフィいわく、手練れの魔法使いで間違いないとのことだが、なぜかまたどこかで会う気がしてならない。

「あ、あの！」

「はい？」

ようやく一息ついたと思いきや、俺より一回りも小さそうな少年少女たちに声をかけられた。

パーティーだろうか。村から出てきて夢を抱いている青春の匂いがする。

光の勇者、みたいな名前をつけてそうなキラキラ感だ。

というか、なんだかもじもじしている。

「タビトさんですよね!?　あの噂って本当ですか!?」

「え？　あの噂……とは？」

「サイクロプスをぶちゅぶちゅにすり潰して『粉々プス』って冗談を言いながら殺しまくったって！」

「マジかっけえよな！」

どうやらめちゃくちゃ尾ひれがついているらしい。ぶちゅぶちゅ!?

「一応倒したが、そこまでのことは――」

「すげえ、マジなんだ！」

「かっこよすぎだ！」

「ど、どんな魔法使うんですか!?」

なんだこの青春をぶつけられている感じは。

俺の魔法は『マップ』を見ることなんだぜ、とはとても言えない。

ピンを刺してこうやってね、も恥ずかしい。

とはいえ若者に夢を与えるのは年長者の仕事だ。

ミルフィは隣でニコニコしている。

かっこいいところを見せておくか。

「……そうだな。詳しくは言えないが、深淵をのぞくとき、深淵もまたこちらをのぞいている、ということだ」

ちらりと少年少女に視線を向ける。

無表情だ。あれ、ミスったかもしれない。終わり？　これで尊敬モード終了？

と思っていたら――。

「すげえ、かっけえ！」

「ヤバー！　俺たち、タビトさんやミルフィさんみたいになりたいっす！」

「また色々教えてください！　よし、狩りいこうぜ！」

どうやら興奮していたみたいだ。

笑顔で去っていく姿が愛らしい。

なんだか悪いことをした気分だが、夢を与えただろう。

「凄いね。大人気だねえ」

「これは人気と言えるのか？　それに尾ひれが凄いな。粉々プスって」

「うーんでも、結構そんな感じだったよ？」

「……マジ？」

「マジ」

確かに……楽しかったんだよな。

魔物の命が潰える瞬間、止めを刺す瞬間、なんだかわからないがやたらと興奮する。

死の将軍を殺したって話だが、もしかして腕試しで倒したんじゃなかろうか、なんて。

「というかあんな子供たちでも冒険者なんだな。改めて凄い世界だ」

「そうだね。でもあの子たちのタグ見たけど、全員B級だったよ」

「え？　び、びぃ!?!?」

すでに超えられてんじゃねえか……。

精一杯偉そうにしてしまったが、次からは気を付けよう。すまない先輩たち。

というか子供でも関係ないんだな。

結局はセンスや努力なのかもしれない。

「伸びる子は伸びるからね。等級なんて、タビトもすぐ上がるよ」

「そうだといいけどな。さて、道具の確認も済んだし行くか？」

「おっけー！　普通の狩場と違って危険が多いから気を引き締めようね」

ミルフィが言うくらいだから相当なのだろう。

さて、まずは魔の崖まで飛ぶか。


「凄いなこれがダンジョンか。こんなデカいのか？」

「これはかなり大きいほうだよ。人気がないのも頷けるかも」

フリーピンで飛んだあと、トボトボと歩いてやってきたのは、王都近郊のダンジョンだ。

等級が上がってダンジョン内の素材収集依頼も受けられるようになったので、狩場の移動を決めた。


「さて、持ち物の確認をするにゃあ」

ミルフィは宿を出るときと狩場の前で持ち物の点検を行う。

さらに武器防具の手入れも毎日欠かさない。1ヵ月に一度は、専門職にも見てもらうという。

A級になるにはこういうところが大事なんだろう。

身近で見られる貴重な経験でもある。

何も問題ないことを確認し、入口にいる王都兵士に声をかけた。

「初めまして、こちら冒険者タグです」

「承知しました。え、あなたがタビト様とミルフィ様ですか!?」

「あ、はい？　そうです」

「お噂はかねがね聞いてますよ。大変素晴らしいご活躍をしたと」

「とんでもないです」

どうやら兵士の間でも名前が広まっているらしい。

本当の俺のことを知っている人がいるのかと期待していたが、今のところは現れていない。

死の将軍を倒したのに友達ゼロは悲しすぎるんだが、前の俺もボッチだったのか？

「こちら確認しました。探索師としての認定も兼ねているダンジョンですので、気を付けてくださいね。多くの人が戻ってきておりませんので」

兵士の言う通り、このダンジョンは冒険者から避けられている高難易度なのだ。

だがその最大の理由は、俺にとっておそらく問題がない。

まずはいつも通り『クチコミ』を確認する。

『迷宮（ラビリンス）ダンジョン』
1・3★☆☆☆☆（2653）
『B級冒険者』

★☆☆☆☆。
お宝が多く夢はあるが、道がややこしすぎる。
強制帰還（リターンポータル）を習得している魔法使いが必須。
『探索好きの冒険者』
★☆☆☆☆。
魔物よりも複雑で入り組んだ道が強敵。
腕に自信のあるやつが多く死んでいく。
『冒険者ギルド勤務』
★☆☆☆☆。
仕事で確認しにきたが低層でギブアップ。
危険すぎる。
『C級冒険者』
★☆☆☆☆。
感知系の魔法があれば低層はそこそこいける。
それ以上は死と隣り合わせ。
『A級冒険者』
★★☆☆☆。
探索師がいないと踏破は不可能。

なるほど、兵士の言う通りだ。

『探索師』とは、未踏ダンジョンや危険な魔の森を先導する職業のことらしい。

パーティーに1人は絶対に欲しいと言われているが、探知系の魔法はレアで、需要に供給が間に合っていないとのこと。

今回はその『探索師』として認定される試験も兼ねている。

第3層まで行って戻ってくることが確認できれば、職業欄に記載できるとのこと。

今のところ俺の資格は旅行鞄の荷物（ポーター）だけだが、今後のことも考えると増やしておきたい。

移動（テレポーター）は凄すぎるので、まだ様子見がいいとミルフィと話し合った。

詳しく記載すれば、そこに戦士（ウォーリアー）と魔法使い（ウィザード）が加わる。

……字面だけ見ると凄いな。さて、頭を切り替えていこう。

入口の扉は、どこか人工物を思わせる造りだった。

開けると、ひんやりとした風が頬に触れる。

「——よし、マップもちゃんと広がってる。問題なく使えるみたいだ」

「じゃあタビト、前をお願いね。後ろは私に任せて」

マッピングが機能しない可能性も考えていたが一安心だ。

通路は縦横約3メートルほどで、壁はごつごつしている。

地面は普通の道なので随分と歩きやすい。

次の瞬間、『！』『！』『！』『！』の文字が現れた。

ガイドレンズのおかげで詳細の表示ができるようになったのでクリックする。

『魔核』『銅貨』『弱ポーション』『ハンカチ』。

す、すげえ……落とし物パラダイスだ。

てか、魔核!?

そのとき、ガイドマップの右端が動いた。

――魔物だ。

「ミルフィ、右――」

「――了解」

天井の端、通常より明らかにデカい蜘蛛が現れた。

1秒後、彼女が跳躍して一撃で息の根を止めた。

うーん、早い。

次に進むと、道が5本に分かれていた。

1つ1つ丁寧に確認する。行き止まりや罠が仕掛けられているのがわかった。

どうやらダンジョン内のマップはより詳細に表示されるらしい。

……あれ？　もしかして俺って――。

「左から魔物だ。ミルフィ」

「にゃあ！」

そのまま一撃。

そしてまた落とし物をゲット。

「ねえ、タビト」

「はい」

「……わかってたけど、凄すぎるよ。こんなの他の冒険者にバレたら、とんでもないことになるね。きっと、今より凄いことになる」

「ああ……俺もそんな気がした」

この能力、ダンジョンで無双すぎるぞ。

【探索師】になったら、パーティーには困らない！

「カリンさん戻りました」

夕方。冒険者ギルド内。

声をかけると、カリンさんはホッとしたように、すぐに満面の笑みを浮かべた。

「あ、おかえりなさい！　……よかったです。無事に戻って来てくれて」

「ありがとうございます。初ダンジョンは楽しかったですよ」

「楽しかった……？　あ、でもそういう考えもありますよね！　でも、めげないでください！　探索師は難しいので、これからはもっと簡単なダンジョンから始めてみてもいいと思います！　失敗は成功の基です！」

「え？」

「あ、すみません!?　でも、私は応援してます！　タビトさんはとてもいい人ですし、ミルフィさんも強いですし！」

どうやら勘違いしていているらしい。

ああそうか、戻るのが早すぎたからか。

エリアピンでの移動も考えものだな。

「ミルフィ、出してくれるか？」

「はーいにゃ！」

ごろんっと出したのは、第5層で獲れるモンスターの魔核だ。

カリンさんが顔面蒼白（そうはく）になる。

「え、これって吸血コウモリ、トリドア蜘蛛、亜種アドニア……の魔核ですか!? こ、こちらはどうしたんですか？」

「ダンジョンで獲ってきました。これで、探索師になれるんですか？」

第3層までで問題なかったのだが、あまりにも余裕すぎて深くまで潜ってきた。

最後らへんは20くらいの分かれ道があったので、普通なら怖すぎるだろう。

第5層より先にも行けたのだが、ミルフィが一度帰ったほうがいいと。

理由は余裕すぎるから。

人はどれだけ気を張っていても油断する、1日でも開けるべきだと言った。

狩場や戦闘での判断は彼女に任せている。

俺よりも修羅場をくぐっているだろうし、役割分担みたいなものだ。

いつもその言葉には重みがある。大切な相棒にゃんにゃん。

「すげえ聞いたか？　第5層だってよ!?」

「しかも超レア魔核ばっかりじゃないか。あいつら、マジですげえな」

「ああ、ヤバすぎる」

噂に尾ひれ――まあひれでもなく真実か。

とはいえこれは悪いことではない。

有名になればなるほど俺を知る人物、ミルフィの同胞の耳にも届くだろう。

まあ、その分危険も増えるかもしれないが。

「す、すぐに探索師の書類を用意します！　すみませんタビトさん!?」

「いえいえこちらこそ。ゆっくりで大丈夫ですよ――」

言葉の途中で、カリンさんは急いで中に入っていく。

俺が来たときはいつも忙しそうなので、なんだか申し訳ない。

「タビト、落とし物も預けるんだよね？」

「ああ、持ち主が断定できそうなものだけでも返しておこう」

それと決めごとが1つ。

以前から考えていたことだが、武器や防具ではない、いわゆるメモや個人の遺失物はできるだけギルドに返却しようと決めた。

達人（いやしんぼ）称号のためではなく、俺しかできないことだと思ったからだ。

詳しくは言いたくないが、遺書も見つけた。

自分の能力を少しは誇れることに使いたい。

「お待たせしました。魔核の確認が取れました。こちらで『探索師』としての認定をさせていただきますね！」

「ありがとう。でも、具体的にどうなるんでしょうか……？」

「職業の欄に記載されますので、依頼者が閲覧できるようになります。後は、パーティーメンバーを探している人も閲覧できるようになりますね」

「なるほど」

確かにゲームをしていると、攻撃を受けてくれるタンクや仲間を癒してくれる魔法使いが欲しいと思うときがある。

そんな感じだと思えば納得だ。

「そういえば、ミルフィの欄には何があるんだ？」

「なんだったかにゃ？」

気になってカリンさんに見せてもらう。

『A級＋』『戦士（ウォーリアー）』『要人特別護衛者（スペシャルガーディアン）』『賞金稼ぎ（バウンティハンター）』『運び屋（キャリー）』。

「おお、めちゃくちゃ付いてる……」

「ミルフィさんは凄いですよ。とくに『要人特別護衛者（スペシャルガーディアン）』は、本当に信頼されている冒険者にしか付かないので」

「えへ、えへへー」

照れているミルフィが可愛い。

というか、マジで凄いな。

「そんなことないよ。タビトに比べたら全然。それに——移動（テレポーター）なんて付けたらとんでもないことになるにゃ」

　こっそりとミルフィが俺に耳打ち。とんでもないこと、ちょっと気になるが我慢だ。

「こちら、新しいタグです」

　カリンさんからいただいた新しいタグには、探索師の絵が描かれていた。

　なぜか鳥だが、聞けば初めての探索師が鳥使いだったという。

　その日はすぐに宿へ帰った。

　充実した生活を過ごせている。

「よぉ、今日はおむらいすだぜ！」

　そしてリルドのおっさんの飯は、やっぱり最高だった。


　翌朝、冒険者ギルドの扉を開けたら、とんでもない人がいた。

「俺たちが一番だぞ。お前ら押すなよ」

「ハッ、お前たちみたいなパーティーに来るかよ」

「お、おいあれタビトじゃないか？」

　ん？　なんか一斉に俺を見た。

　そして——押し寄せてきた。

「なあ！　俺のパーティーに入らないか!?　A級ばかりで、治癒魔法使いもいるぞ！　待遇もいい！」

「あら、私たちのパーティーに来てよ！　可愛い女性ばかり、それにアジトもあるわ！」

「待て待て、俺たち魔法戦士団だろ！　なあタビト、来てくれよ！」

その後ろで、カリンさんが人に押しつぶされながら叫ぶ。

「あ、あの探索師の噂が流れて、その！　みんなパーティーに入ってほしいって！」

え？　パーティー？

「やっぱり……にゃ、にゃー!?」

ミルフィはそんな気がした、という表情をしたあと、人の波に埋もれていく。

どどどどど、どうしよう!?

探索師って、そんな凄いの!?

「カルロさん、その道は危険だ。安全なのは右から二番目。後、足元に魔核が落ちてるよ」

「え？　う、うわホントだ！」

「ちょっと、それ赤色よ。Ａ級魔物のじゃない」

「スゲエ、マジで『探索師』がいると大違いだな」

「いや、タビトは特別だぞ。こんなの……ありえない」

迷宮（ラビリンス）ダンジョン、第６層。

俺とミルフィは、Ａ級パーティーの３人と一緒にダンジョンへ潜っていた。

カルロは、いわゆる勇者っぽい風貌で、金髪のイケメンにさわやかな感じだ。

隣の女性はリアン。長い黒髪が特徴的な魔法使い。その隣の短髪の刈り上げ、デカい人はゴルフで、斧使い。

大勢からパーティーに誘われたあと、ギルドを通じてカルロの依頼を受けることに。

迷宮ダンジョンは以前訪れたので勝手がわかるのも理由だったが、一番は――。

「よし、こんなにも順調なら孤児院にも多額の寄付ができるはずだ」

「ふふふ、みんな喜ぶわね」

「ああ、最高だな！」

彼らは全員が孤児院出身で多額の寄付のために活動をしていると書いていたからだ。

実力も確かで、魔物が現れてもおそれず、それでいて油断もしない。

だがそんな彼らでも、ミルフィの戦闘力は凄まじいらしい。

「——バイバーイにゃ」

突然現れた蜘蛛の魔物を一撃で刈り取る。

「いや、凄いな本当に……。なんで君たちは2人で行動してるんだ？　大手から引く手あまただろうに」

「そうね。正直、タビトが『D級』なんてありえないわ。探索師としてもありえないぐらい優秀だし、2人とも私たちのパーティーに入らない？」

「マジで2人が来てくれたら世界が変わるぜ」

お世辞ではなく、とにかく褒めてくれる。

ちなみに『フリーピン』は使っておらず、ここまで徒歩で来た。

「ありがたい言葉だが俺たちには目的があるんだ。でも、そうやって言ってくれるのは嬉しいよ」

「私は戦うことしかできないからね。タビトは凄いけど！」

ドヤ顔のミルフィが可愛い。

この世界で初めて別パーティーと組んだが、難しいこともあった。

たとえば列が長いと後ろに気を回さないといけないことだったり。

当たり前だが報酬も分けることになるだろうし、消耗品、食料、危機管理もその分増える。

ただ当然だが安全度は増す。

「タビト、足は大丈夫？」

「ああ、どこかで怪我したのかな。でもこのくらいは——」

「任せて——治癒（キュア）」

リアンが手を触れると、白い光が輝いて、擦り傷が消えていく。

まるでカイロで温められたようにじんわりと気持ちがいい。

サイクロプスのときも感じていたが、やはり俺は魔法に憧れがある。

いつかは使ってみたいもんだ。

「よし、これで大丈夫」

「なんだリアン、僕のときはいつも我慢しろって言うのに」

「ハハッ、俺なんてデカいコブができたのに唾をつけてろって言われたぜ」

「あなたたちは戦士、タビトは『探索師』で私たちの命なのよ。一緒にできないでしょ」

一応俺も戦える、というか戦いたいのだがダメだと言われている。

道を調べる際には周囲を護衛してもらって、さらには手厚い加護、甘やかされすぎてサボっているみたいだ。

「タビトは私よりも強いよー？」

ミルフィの言葉に、３人がハハッと嬉しそうに笑う。

彼女に勝てるとは思わないが、本心で言ってくれているのだろう。

サイクロプスのことは知っているみたいだが、ミルフィが凄すぎて、だろう。

「次は俺も戦うよ。任せきりだし」

「そんなことしたらリアンに殺されるよ。任せてくれ、僕は戦うのが得意なんだ」

「おうよ！　俺たちはこう見えて強いぜ！」

「どう見ても見た目は強いけどな」

ガハハと笑う筋肉ゴルフ。

ちなみにパーティーに参加して経験を積んでおいたほうがいいと、ミルフィが進言してくれた。

命のやり取りだったり、今後のことも鑑みて他人と組む経験はしておいたほうがいいと。

受付のカリンさんに書類をしっかり見せてもらって、カルロのパーティーを選んだ。

品行方正、実力、すべてが伴ってないと危険だからと念入りに。

そういったことを何も言わずにミルフィは動いてくれる。

うむ、もっと感謝しなければ。

「とりあえず当分はまっすぐだ。ええと、じゃあ後は……任せていいかな？」

「当たり前だよ。行くぞ、ゴルフ」

「おうよ。何かあったら見捨てろよな、リアン」

「言われなくてもそうするわ」

随分と仲の良いパーティーだ。

これで全員がA級ってのが驚きだよなあ。

「いいパーティーだね」

「確かに、強くて安心できる」

「それに書類見てびっくりしたよ。カルロたち、勇者認定されてたよ」

「勇者認定？」

聞き慣れない単語だ。再度、ミルフィに尋ねる。

「ギルドへの貢献度だったり、戦闘力のバランス、色々な事柄を加味して付けられる称号だよ。北にはまだ魔族の生き残りがいるんだけど、そういった前線にも入れる許可証でもあるの。王都でいたパーティーの中で、彼らが一番強いよ」

「へえ、そうなのか」

王都にはマジで死ぬほどガタイのいいやつらがいる。

そいつらよりも飛びぬけて強いってのはすげえな。

「でも、そんな彼らからパーティーに誘われるタビトも凄いにゃあね」

「俺じゃないよ、能力のおかげだ」

「それも含めてだよ」

そう言ってもらえるとありがたい。

そしてそれからどんどん進んで、ついには第7層に辿り着く。

「少し道を確認する。待ってくれ」

『迷宮ダンジョン第7層』
1・2★☆☆☆（4）

『A級冒険者』
★☆☆☆。
道が複雑すぎる。
これ以上は断念せざるを得ない。

『A級魔法使い』
★☆☆☆。
現れる魔物が多い。
何よりも罠が多すぎる。

『A級探索師』
★☆☆☆。
限界……だな。
ここであきらめよう。

辿り着けた人が少ないのだろう。

ここからクチコミがほとんどない。

マップを見るとありえないほど複雑だ。A級探索師でもさじを投げている。

だが俺なら間違えることはない。

「一応道は問題ない。任せるよ」

「……嘘だろタビト」

カルロの視線の先には30の分かれ道。

たった1つの道以外は行き止まりか罠だ。

俺の自信もあって満場一致で進むことが決まり、無事に正解の道へ。

だが最後、大きな扉と部屋を見つけた。

いわゆるダンジョンボスと呼ばれるものが存在しているらしい。

「強制帰還（リターンポータル）は持ってる。この面子（めんつ）ならボスを確認し、倒せそうならやってもいいと思う」

「私もカルロに賛成」

「俺もだ。ミルフィ、タビト、どうする？」

最終的にゴルフが、俺たちに尋ねてくれた。

ちなみに強制帰還（リターンポータル）とは、一時的に壁の外に出られるアイテムらしい。

ダンジョンのみでドロップするらしいが、専用とのことで、狩場では使えない。

「私も大丈夫にゃ、タビトは？」

「俺は初めてだからな。といっても、任せる、なんて無責任なことを言うつもりはない。みんなが満場一致なら従うし、戦うよ」

それに対し、カルロが笑う。

「わかった。基本的には僕たちに任せてくれ。サイクロプスでの戦いは聞いてるが、それでも命には順番があるからな」

カルロの覚悟に、俺は嬉しくなった。深呼吸してから扉を開く。

中は何の変哲もないデカい部屋だった。四方を正方形の壁に囲まれた空間で、出口らしきものは見当たらない。どこか人工物のようにも感じる。

なぜなら、壁はやけに整っていて、まるで綺麗に塗装されているかのようだからだ。

そのとき、マップの異変に気づく。空から、何かが降ってくる。

「上だ！　逃げろ！」

俺の言葉で、全員が四散した。その後、轟音が響く。

踏み潰すごとく降り立ったのは、巨大な岩像だ。

無機質にも感じられるが、サイクロプスと同じで圧倒的な殺意を肌で感じる。

これぱかりは、何度味わっても言語化できそうにない。

すぐに『ガイドレンズ』を発動させた。

『岩窟ゴーレム』
ステータス：ダンジョンボス。

特徴：通常のゴーレムと比べて非常に大きく、圧倒的な存在感と防御力を誇る。
非常に堅牢(けんろう)で、物理攻撃がほとんど効かないため、近接戦闘ではほぼ無敵。魔法耐性も強く、生半可な魔力ではほとんどダメージを与えられない。
特殊能力：腕を振り下ろすことで地面に衝撃波を発生させ、周囲の敵を吹き飛ばす。
弱点：胸部に埋め込まれた魔核があり、ここを破壊されると大きなダメージを受けて、活動を停止する。

「ゴオォオオォオォオオ！」

赤く光って見えるはずの弱点が見えなかった。きっと強固な岩で守られているのだろう。てか、物理攻撃にも魔法にも強いって無敵じゃねえか。

俺は、全員にゴーレムの特徴を伝えた。驚いていたが、すべてを説明している暇はない。

「まずは僕が前に出る！　支援を頼むぞ！」

そう言って、カルロが勇敢に前に出た。迷いなくゴルフが続き、ミルフィも飛ぶ。

リアンはそれぞれの動きを支援するかのように杖を構えた。この一瞬だけでも、全員が手練れだとわかる。

巨岩ながらもゴーレムが素早く右手を振りかぶってきた。しかしカルロは攻撃を防ぐそぶりすらなかった。気づいていないのかと思い叫ぼうとしたが、直後、後方のリアンから魔力を感じる。

「――防御(シールド)」

カルロに振りかぶられた攻撃は、寸前のところで魔法によって防がれた。完璧なタイミングだ。

いや、それよりも凄まじい信頼関係だ。一秒でも遅れていたら、カルロは死んでいたかもしれない。

なのに彼はまっすぐに駆けていた。

これが、強者の戦いか。

「悪いな、うちの支援は優秀なんだ！」

ゴーレムの右足にカルロの剣がぶち当たると、岩がはじけ飛んだ。続けてゴルフが、思い切り斧を薙ぎ払って岩を刈り取った。

確実にダメージを与えている。さらにミルフィがゴーレムを翻弄するかのように駆けあがって、頬に一撃を与えてよろけさせた。

俺も前に出たかったが、サイクロプスのことを思い出していた。

リアンも周囲に目を向けながら警戒している。おそらく気持ちは同じだが、彼女も自分のやるべきことをしているのだ。

ならば、今はまだそのときじゃない。

そしてそのとき、ゴーレムの目が充血していくのがわかった。すぐに声を上げる。

怒り(アンガー)だ。単体でもなるとは知らなかった。

「みんな、気を付けろ！」

それからの攻撃は、とてつもないものだった。攻撃速度も、攻撃力も、けた違いだ。

リアンの防御(シールド)が、ガラスが割れたかのようにはじけ飛ぶ。

「カルロ！」

「大丈夫だ！　だが……マズいな」

「ああ、強制帰還にしよう」

「核まで攻撃し続けるのは難しいにゃ」

ミルフィまでもがそう言っていた。しかし俺だけは違う感情を抱いていた。

何もかもが見える。

ゴーレムの攻撃や、動き、どこをどう壊せば、弱点まで辿り着けるのか。

試したくて、仕方がない。

「みんな、俺に任せてくれないか」

俺は、１人で前に出た。興奮はしているが、心臓の鼓動は落ち着いている。

「お、おいタビト!?」

これは確信だ。俺は、俺なら——倒せる。


あァやっぱり、俺は——戦うのが好きなんだなァ。


「さあ、かかってこい」

ガイドレンズは不思議な能力で、俺の意思で自動的に発動してくれる。

ゴーレムの右足に注目すると、カルロたちが破壊してくれた部分が、赤く光っていた。

そのまま、勢いよく駆ける。

「タビト！」

「――大丈夫だ」

滑り込むように攻撃を回避して、えぐり取られていた岩に斬りこみを入れた。

魔力を高めて切れ味を高めると、火花が散る。だがやはり堅い。

それでも俺は思い切り力を入れた。そこで、魔力が高まっていくのを感じた。

やがてそれは、形となっていく。

「――はっ、そんなことができるのかよ」

短剣が魔力を帯びていく。形状を変化させるかのように、黒い霧を纏っていく。

そのまま、ゴーレムの右足を切り落とした。敵はバランスを崩して倒れこむ。

武器に目を向けると、思わず笑みをこぼす。

長さはおよそ2倍ほどだろうか。長剣といっても差し支えない。だがそれは、魔力で伸びているとわかった。

おそろしいほど真っ黒で、おそろしいほどの魔力。

「はっ、そういうことか」

おそらくこの黒は、俺の魔力の性質だろう。今ゴーレムを倒すためには、この形状が最適ってことだ。

「ゴォオオォォオオン」

何かを察したのか、ゴーレムは悲鳴を上げるかのように叫んだ。すると驚いたことに、削り取られたはずの岩が、元の場所に戻っていく。

これが、こいつの最終奥義か。

けどそれが、どうしたんだ？

「タビト――」

「任せてくれ、ミルフィ」

彼女の言葉を遮りながら、俺はふたたび駆けた。おそらく外殻をいくら攻撃しても、こいつにダメージはない。だからこそ、手数で押せばいいだけだ。

ふたたび魔力を込めて右足をえぐり取る。次に左足。

振りかぶられた右腕を切り落とし、左手を切り落とした。

修復する前に岩腹を掻っ捌くと、ドクドクとデカい魔石が心臓のように震えていた。

赤く、光っている。

「――じゃあな」

問答無用で、俺は剣を突き刺した。ゴーレムが断末魔の叫びを上げる。心地よい声だ。岩がボロボロと崩れていくと、やがて塵となっていく。

そこでようやく冷静になった。あまりに高揚しすぎて、やりすぎていたことに気づく。

サイクロプスのときと同じだ。

真面目に答えるのもあれなので、照れを隠しながら、カルロたちに身体を向けて、ペコリ。

「あはは、あははは――。ごめんっ、役割超えてた……」

するとカルロが笑う。

「アッハハハ、なんだ君は、凄い凄すぎるよ」

「……もう笑うしかないわね」

「俺たちいらねえじゃねえか」

「タビトやばすぎにゃあ」

苦笑いしかできない。引かれなくてよかった。

魔核を旅行鞄にしまうと、また驚かれた。出口はなかったが、入口がまた開いた。

戻れ、ということだろう。

「さて出ようか。ここから戻るのは大変だが、気を付けていこう」

カルロがそう言いながら、気を引き締めた。そのとき、ふとミルフィと目が合う。

彼らは信頼できる。体力も随分と失った。

なら――。

「ええと……さ、みんな、手を繋いでもらっていいか？　後、絶対に秘密にしてくれよ……な？」


王都、入口。

いつもの兵士が、声をかけてくれた。

「おい、お前ら全員で高速移動か、すげえな」

カルロ、リアン、ゴルフは——目が飛び出しそうなくらい驚いていた。

「……夢？　か？　ここ、王都だよな？」

「嘘でしょ……これが移動（テレポーター）？」

「おいタビト、お前……凄すぎるぜ」

ミルフィも、笑っていた。

「タビト、頼むパーティーに入ってくれ！」

「お願いタビト、悪いようにしないから！」

「マジで頼むぜタビト！」

やっぱり移動はヤバすぎるらしい。

晴天晴れやかな中庭。

太陽の下、ミルフィが馬乗りにされていた。

「にゃ、にゃあああああぁぁぁ」

彼女の悲痛な叫び声が、その場に響き渡る。

骨がゴリゴリと軋(きし)む音が聞こえた。

彼女のこんな声を聞いたのは初めてだ。

「ふふふ、おもしろい関節ですね」

「にゃ、そ、そこは!?　にゃぁあああっああっああああああ」

「やっぱりそうなるよな」

施術をしているのは、以前俺が夜のクチコミで知り合ったルイだ。

やはり力がもの凄く強いらしく、柔軟性のあるミルフィの身体でも耐えきれないらしい。

しかしそれから10分後、ミルフィはさわやかな笑顔をしていた。

「動く、動くよお！」

「ふふふ、よかったです。マッサージ、たまにしてあげてくださいね。大事な身体ですから」

「ルイ、ありがとにゃあ」

ミルフィの誰とでもすぐ仲良くなる能力がうらやましい。

ふと前を向くと、王城の大きな時計台と、短く刈り込まれた綺麗な芝生が目に飛び込んでくる。

俺たちはなんと、城の中庭で日向（ひなた）ぼっこしていた。

もちろん一般開放はされておらず、冒険者といえども許可なく入ることは許されていない。

「しかし驚いたよ。ギルドを通じて連絡をもらって、向かった先がここだなんて。それに宮廷魔法使い候補だったとは」

「ふふふ、凄いでしょう」

ドヤ顔のルイはおそろしく可愛い。

カリンさんからも教えてもらったが、彼女はとんでもなく秀才で、王都でも有名だという。

夜の仕事をしているのは趣味みたいなもので秘密らしい。まあ一応合法のお店だし、とくに問題はないだろうが。

「力が強いのは魔法なの？」

「赤ちゃんのときから強かったので、ただの生まれつきですよ」

それもう赤ちゃんじゃなくて、赤さんじゃないか？

心の中だけ剛力ルイってあだ名で呼ぶか。

「タビトさん、今……なんか変なこと考えませんでしたか？」

「いいえ」

ちなみに王城のクチコミは想像以上におもしろ――いや、ヤバかった。

以前は護衛任務で忙しかったので見ていなかったが、知ってはいけない情報も多々ある。

『オルトリア王城、中庭』
4・3★★★★☆（8947）
『宮廷魔法使い』
★★★☆。
自分を育ててくれた大好きな場所。

先生はおそろしい。本当に楽しかった。先生は怖い。

『宮廷戦士』
★★★☆。
俺を一人前に育ててくれたいい場所だ。

先生は怖い。これからも恩返しがしたい。先生が怖い。

『宮廷図書室司書』
★★★☆。
もっと素敵な本をいっぱい集めたいなー。

今日もドルシカさんとお話ししたいな。

いつもかっこいいなあ。

『王国騎士』
★★★★☆。
図書室へ行くといつも司書のミディアさんが俺を見ている気がする。

さすがに自意識過剰か……。

ほんと可愛いな。

『国王陛下』
★★★☆☆。
明日は会議か。

嫌じゃのぅ。

日向ぼっこは気持ちいいの。


「――国王陛下は、凄く真面目な人でかっこいいんです。いつも忙しそうで大変みたいですけどね」

「へえ、いいにゃあねえ。確かにそんな感じだったかも！」

ルイとミルフィが雑談している横で、俺は国王陛下がどこにいるのかと周りを見渡していた。

クチコミからして近くじゃないか……？

甘かったかもしれないこの能力。

自分が思っているより、はるかに危険。

もしかして、政界を揺るがすような発言も探せばあるんじゃないのか？

……見たいけど、なんか怖いな。

俺に野心があればヤバそうだ。

「ルイ、ご友人かい？」

そのとき、しっかりとしたガタイの黒髪の男性が声をかけてきた。

「あ、ドルシカさん。そんな感じです。ちょっと見学も兼ねてますが」

「そうか。ルイはとてもいい子なんだ。よろしく頼むよ」

さわやかで人当たりもよさそうな人だ。

もしかしたら、司書さんに恋心を抱いているかも。

「はいにゃあ！」

「はい！」

大丈夫です。あなたの片思いは叶います。

するとそこに——。

「ドルシカさん、ここにいらしたんですか。新しい本、入りましたよ」

「おや、ミディアさん。教えてくれてありがとう。さっそく借りにいこう。——それじゃあね」

綺麗なミディアさん、おそらくドルシカさんに思いを寄せている人。

うーん、実ってほしい。全然知らない2人だけど、なんかもう応援したい感じだ。

「タビト？　どうしたの？　何か願ってない？」

「青春っていいよな。あの2人、付き合ってほしいぜ」

「え、どういうことです？　2人のお知り合いなのですか？」

「気にしない気にしない。タビトはよく変なことを言うにゃあ」

それから話はようやく本題に入った。

ルイがサンドイッチを作ってきてくれたので、食べながらノートを見せてもらう。

綺麗な字でビッシリ。

そこには、猫人族や亜人について詳しく書いてある。

「す、凄いにゃあ!?」

「図書室にお2人は入れないので、許可を取って書き写してきました。といっても、歴史や基本的なことしか書いていませんでしたが」

残念ながら、俺についてはほとんどわからなかったらしい。

それは仕方ないだろう。

だが猫人族についてはかなり書かれていた。

生まれつき脚力が凄いらしく、それで狩猟していたとか。

一番重要なのは、魔族の生き残りが多いとも言われている北でよく目撃されていたという。

「猫人族、つまりミルフィさんの種族は戦闘民族だと文献に残っています。多くの亜人たちよりもはるかに古い種族なので情報は少ないですが。とはいえ、前線で魔族と戦ったことは書かれていました」

「ふぇえ、そうなのにゃ!?」

やはり、というべきか。俺から見ても、彼女は相当強い。

だとすると妙だ。弱肉強食で考えると、弱いものから淘汰されていくはずだ。

しかし読み進めていくと、その理由がわかった。

「……他人に好意を抱くことが少ない、か」

「はい。すみません、ミルフィさんを悪く言うわけではないのですが、文献には……」

「大丈夫だよ。でも、確かにそうかも。心から信用できる人って少ないから」

これは意外だった。

ルイいわく、エルフも他人に興味が薄いらしく、魔王討伐後、緩やかにその個体数を減らしているという。

変な話だが、人間は本能の部分で種族を支えているというわけか。

「こちらは差し上げますのでゆっくり見ていただければ。許可は取っていますが、できるだけ秘匿にしておいたほうがいいかもしれません。情報というのは、時として自らに牙を剝きますので」

しっかり話してみると、ルイの思慮深い言動は、やはり宮廷付きの候補生という感じだった。

「ルイ本当にありがとうにゃあああ！」

「ふふふ、大丈夫ですよ。それに驚きました。ここ数日で、２人の名前は王城で知れ渡ってますよ」

「え？　なんで……？」

「タビトさんのサイクロプスの討伐とミルフィさんの活躍、さらにいま最も勢いのあるカルロさんたちが話題にしていると。極めつけは、未踏だったダンジョンをクリアしたでしょう？　正直、私なんかよりもよっぽど凄いですよ」

　並べられると凄いような気もするが、俺自身はガイドマップに頼りきりだ。

　後はほとんどミルフィのおかげ。でも、褒められるのは嬉しい。

「ありがとな。そういえばなんでここに呼んだんだ？」

「はい。実は会わせたい人がいるんですよ。タビトさんについてわかるかもしれないと思いまして」

「会わせたい人？」

「もうすぐ来る予定ですが……あ、ちょうど来てくれました」

　するとそのとき、ゆっくりと歩いて現れたのは、宮廷付きの白服を着た女性だった。

　軍服のような襟付き、手には大きな杖を持っている。

　特徴的な青髪がよく似合っていた。

「ルイ、その人がそうですか？」

「はい。先生」

　え、先生ってクチコミに書いていたおそろしい人？　いや怖い人？

「初めまして。私はオルトリアの宮廷魔法使いの講師をしているエドナと申します。お噂はかねがね」

「た、タビトです！　よろしくお願いします！」

「ミルフィです。よろしくお願いしますー」

しっかりモードのミルフィ。

俺も背筋をピンと伸ばしていた。

多分だって、この人すげえ怖いらしいので。

「そんなに緊張なさらないでください。少し、魔力を調べてもいいかしら。黒の性質はめずらしいので、私も興味があります」

「あ、はい。ど、どうすれば」

「手を借りますね」

丁寧な物腰、今のところ全然怖くはない。

目を瞑って、何かを考えている。

だが次の瞬間、目を見開いた。

「確かに不思議ですね。４大元素でも、光でも闇でもない。魔法とは異なるようです」

「先生、どうですか？　何か手がかりなどは？」

だがエドナさんは首を横に振る。

「どうやらお力になれないみたいです。魔法の性質から出身地がわかったりもするのですが、どれも当てはまらないみたいで」

魔力版方言みたいなものだろうか。だが残念だ。

ルイも申し訳ないと言ってくれたが、ここまでしてくれて謝ってもらうなんてとんでもない。

さらに先生にまで時間を使ってもらった。

「ありがとうルイ、そしてエドナさん」

「いえ！　またゆっくりとお話ししましょう」

「タビトさん、良ければちょっとだけ魔法の基礎をやってみますか？」

「え、魔法？」

「先生、タビトさんは魔法を使ったことはないと言ってましたよ」

「ええ。だからこそ興味があります。一体どれほどの魔力量なのか、技術も見当がつかないんですよ。それが分かれば、手がかりになるかもしれないでしょう？　もっともこれは私の興味です。ご遠慮なさっても結構ですよ」

俺に魔法なんて使えるのだろうか。

よくわからないが、試してみたい。

「是非お願いできますか？」

「はい。まず、魔法はイメージの世界です。世界には４大元素がありますが、御存じですか？」

「火、水、風、地でしょうか」

「おお、御存じなのですね」

「さすがタビトさんですね」

褒められるのは嬉しいが、ある意味誰でも知っている。問題文なら99％の人が間違えないだろう。ちょっとでもオタクなら。

「ではまず、火を思い浮かべてみましょう。たとえば、言葉を叫ぶことでより理解が深まるはずー――」

「ファイアー」

俺は、先生の言葉を遮って指先にライターを思い浮かべた。

イメージは容易い。記憶を思い返せばいい。

すると、小さな小さな火だが、一発で灯った。

まさかだった。

今までに試しておけばよかった。

だが小さい。これじゃ何もわからないだろう。

そう思っていた。

「……ありえない」

「タ、タビトさん、魔法を使ったことないって言ってませんでした……？」

エドナさんが声を漏らして、ルイが慌てふためいていた。一体どうしたんだ？

「え？　ああ、でもこんな小さな――」

「す、凄いにゃあ!?　なんでなんで!?」

ミルフィまでもが叫んでいた。

え、なにが？　ライターって凄いのか？

「……初めてで成功するなんて前代未聞ですよ」

「そ、そうなのか？」

するとそこで、ルイが口を開いた。

「普通はどんなに簡単な魔法でも1回目で成功させるなんて不可能です。先生がおっしゃっていたのは、魔力の流れを視たかっただけです。とんでもなく凄いことですよ。歴史上の大賢者でも一発で成功させただなんて文献はありません。タビトさん、あなたは一体……何者なんですか」

「な、何者なんでしょうか……？」

マジで俺は誰なんだ？

『タビト』

★★★★★。

王城でけーすげー。

人が多くて楽しい。

俺、凄いのか？

『ミルフィ』

★★★★★。

まっさあじ気持ちよかったにゃあ。

でもタビトがルイと話してたら、少しだけ心がざわついたにゃあ。

これ、なんだろう。

『ルイ』

★★★★★。

2人とも楽しそうでいいな。

冒険者か、憧れるなあ。

え、タビトさん凄すぎない？

『エドナ』

★★★★★。

……凄すぎる。

簡単な魔法とはいえ一発で成功させるなんて……。

１００年に一度、いいえ、１０００年に一度の逸材。

欲しい、宮廷に欲しいいいい。

育てたい育てたい育てたい。

【魔法】と【ガイドマップ】があれば人助けも余裕だぜ！

洞窟の中。

俺は、右手の人差し指を掲げながら『ライト』を唱えた。

懐中電灯ほどの灯しかないが、それで十分だ。

最初に現れたのは、魔力に触れ続けて、魔物化したコウモリたちだった。

天井から降りてくるも、ミルフィがすべてを叩き落とす。

「よく見えるにゃあ！」

『ガイドレンズ』のおかげで敵を見逃すことがほとんどなくなった。

俺の目にはロックオンしたようにターゲットが表示される。

さらに『ガイドマップ』もあるので、よっぽど油断していなければ不意打ちは食らわない。

狩場での危険を避けられるのが、俺の能力の一番の利点だろう。


『魔の洞窟』

4・2★★★★☆（4947）

『B級魔法使い』
★★★☆。
光魔法さえあれば敵は弱いので楽。

素材も美味しい。

『A級冒険者』
★★★☆。
光に弱い魔物ばかり。

奥へ行くほど危険。

『B級冒険者』
★★★☆。
たまに強い魔物も現れるが、外には出られない。

太陽を嫌う性質がある。


ライトだけでもだいぶ相手を弱らせることができた。

一通り倒し終えると、岩に座って水を飲む。

「ふう、美味しいにゃあ」

「――ウォーター」

俺は、その場で魔法を詠唱した。

チロチロと真水が精製されて、飲み水の代わりとなる。

「凄いにゃあ、便利だねえ」

「だな。けど精神力を使うし、普通に水飲むほうが早いな」

「それにしても凄かったね。この前」

「ああ」

初めての魔法を使ったあと、エドナさんから宮廷付きにならないかと何度も誘われた。

ちゃんとした魔法を習ってみたかったが、そのためには訓練を1年間しないといけないと言われた。

とはいえそれは俺の異質な能力を想定してのことらしく、普通はそんな短期間はありえない。

ただ俺は自分探しをしている。ミルフィの同胞も。

今はそこまで困っていないので、こうやって魔法を使いながらレベルを上げることに決めた。

幸い、4大元素の基礎だけは初めから使えると気づいた。後は、これをのんびり使っていく。

あれだけ褒められたことはないので、純粋に嬉しかった。

「最後泣いてたねエドナさん。タビトが離れていくとき」

「ああ、ちょっと気まずかったな」

「旅が終わったら考えてもいいんじゃない？」

「そうだな……。それも楽しそうだが、まだ先の話だろ」

魔法はイメージの世界、それを念頭に置きながら今後も訓練を重ねていこう。

「ん……なんだこれは」

「どうしたの？」

こうやって休憩しているとき、ボーっとクチコミを見ていることが多い。

新しい情報を見つけたりできるからだ。

もちろん全部見てからにしたほうがいいのだが、さすがに延々と文字を見続けるのはつらい。

――『村の少女』
★☆☆☆。
こわいこわいよ、出口がわからない。だれか、たすけて。


するとそのとき、新しくクチコミが追加された。

最近気づいたのだが、最新ほど一番上に表示されている。

つまり、いま更新されたってことだ。

ということは――。

「ミルフィ、休憩は終わりだ。この洞窟のどこかで、誰かが遭難しているらしい」

「ええ!?」

「冒険者の規定に則り、探索行動を開始する。いいか？」

「もちろんだよ」

冒険者規定、要は困った人がいたらできるだけ助けてあげろってことだ。

これは世界の共通のルールで、助けてもらった人はちゃんとお礼をする。

死に規定、と言われることも多いらしいが、俺はブリジットさんから教えてもらった。

冒険者としての誇りとプライドを。

カリンさんからも聞いたが、ブリジットさんはよく人助けをしているという。

俺も、そういった正しいことができる人間になりたい。

「見える限りのマップでは映ってないな。今日はここまでの予定だったが、もう少し奥までいいか？」

「わかったにゃ。ただ、魔物が多すぎて、無理だと判断したら退くよ」

「ああ、それは任せる」

つまり助けられないと判断したら見捨てるということだ。

悲しいがそれが現実。

戦闘判断は彼女に任せている。適材適所、それが、命を預けあう最低限の礼儀でもある。

魔物を倒しながら歩いていると、マップに『！』が表示された。

クリックすると、小柄の人に映り変わる。

だが魔物に囲まれていて動けないとわかった。

「この先だ。魔物が５体」

「了解」

ライトで照らしながらまっすぐ進む。
するとそこに、巨大で牙を持つ蜘蛛の魔物たちが現れた。

『沼地蜘蛛(スワンプスパイダー)』。
ステータス：通常状態。
特徴：広範囲に粘着性の高い糸を展開し、敵の移動を封じ込める。
特殊能力：沼地にいる間、ゆっくりと体力を回復する能力を持つ。
弱点：火に対して極めて脆弱で、糸も燃えやすい。さらに、水が少ない乾燥した環境では行動が鈍くなり、耐久力も低下する。身体中央にある「心核」（心臓のような器官）は装甲が薄く、正確に狙われると致命的なダメージを受ける。

その陰には少女の姿があった。
地面は水で濡れていて、踏ん張りがきかない。
だがミルフィは構わずに駆けた。
魔物だって俺たちと同じで思考が存在する。
不意打ちをされれば面を食らう。
彼女はそれをよくわかっている。
先手を取ることが、何よりも大事だと。

1体目の首を落とすと、2体目に取り掛かった。
なら俺は3体目、彼女のカバーに徹する。
短剣を手に駆ける。やはり戦闘時は頭がクリアになる。
「ギャギャッ！」
蜘蛛の毒針を顔を逸らして回避。
蜘蛛の右肩付近から短剣を添わせて斬りつける。
しかしそのとき、ふと脳裏に浮かんだ。
最小限の魔法でも使えるはずだ。
余った左手で『ファイアー』を唱える。
ほんの少しだけ火が灯り、蜘蛛の左目を燃やした。
――なるほど、おもしろい。
そのまま首と足を落とす。
残りはミルフィがいつのまにか倒していた。
どんな小さな魔法でも戦い方次第。
俺はまた知見を得た。
「もう大丈夫だよ。家に帰ろうね」
「あ……あ、ありがとう！」
ミルフィが声をかけると、少女は安心したのか抱き着いた。

「なんでこんなところにいたんだ？」

「あ、あの薬草を獲りに。その近くの村に住んでて……」

そして俺は、左手で火をボッと灯らせた。

暗闇から一転、少しだけ明るくなる。

少女が手品を見たかのように驚いて、少し落ち着いた。

これもまた使い道か。

「さて、帰ろうか。ミルフィ、解体作業は今度――」

「――もうすぐ終わりにゃ」

「早い」


「ありがとうございます。本当に娘をありがとうございます」

「いえいえ、無事でよかったですよ」

近くの村まで少女を送り届けると、母親が必死に駆けてきて子供を抱きかかえた。

心配だったのだろう。

良いことをしたあとは気持ちがいい。

さらにあの洞窟の奥で落とし物を見つけた。

なかなか高そうな剣だった。売ればそれなりになるはずだ。

「気を付けるにゃあね」

「すみません。女手一つで育てていて、お金があまりなく、支払えるものがこれしか……」

そう言って差し出してくれたのは、数枚の銀貨だった。

かき集めてくれたんだろう。

冒険者の規定を知っているらしい。

申し訳ないのでいらないと伝えようと思ったが、驚いたことにミルフィは遠慮もなく受け取った。

「ありがとう。これから気を付けてね」

「はい、ありがとうございます」

小声で、ミルフィに声をかける。

「さすがに可哀想じゃないか？」

だが驚いたことに、ミルフィはとても真剣な顔つきで答えた。

「私たちは命を懸けて助けたんだよ。優しさだけじゃ生きていけない。これは、正当な報酬だから」

頭をガツンと殴られたような衝撃だった。

善人は生き残れない、それが冒険者の間でよく言われている言葉だ。

ミルフィはちゃんとこの世界の住人だということがわかった。

元の世界の価値観で物事を語るのはやめるべきだ。

……だが。

俺は、旅行鞄から拾った剣を取り出し、手渡した。

「これは洞窟に落ちてたものだ。売ればそこそこ金になると思います」

「ええ、でもこれは——」

少女が洞窟に入ったのは家族のためだったらしい。

高級薬草が見えたので洞窟に近づいたところ、魔物に追いかけられ奥に入ってしまったという。

これは、少女が見つけたも同然だ。

村から離れたあと、ミルフィを不安げに見つめる。

怒られるだろうか、呆（あき）れられるだろうか。

「タビト」

「は、はい」

「そういう優しいところ、好きだにゃ」

すると、満面の笑みでそう言ってくれた。

ああ、間違ってなかったらしい。

「さて、そろそろ帰ろっか。リルドの親父さんが、美味しい魚獲れたって言ってたよー」

「そういえばそうだったな。よし、手を繋いでくれ」

今日はお互いの理解が深まったいい日になった。


『ミルフィ』

★★★★★。
今日もいっぱい稼いだにゃ。
タビトはやっぱり優しいにゃーね。
『タビト』
★★★★☆。
色々とミルフィに迷惑をかけてしまった。
俺ももっと強く、そして思慮深い男になろう。

オルトリア王都の街並みは綺麗だ。

街の至る所には魔法でろ過された小川が流れており、小魚が元気に泳いでいる。

特筆すべきは人口だろう。

王都民はもちろん、冒険者、商人、様々な理由で大勢が訪れる。

となると、当然だが経済が潤う。

観光地には人がひっきりなしに訪れている。宿泊所、レストラン、屋台、毎日たくさんのお金が行き交う。

そしてその中に、俺とミルフィも入っている。

嬉しいのは、それだけ良い店も多いってことだ。

『王都クレープリー』
4・7★★★★★（6478）
『甘党冒険者』

★★★★★。
クレープとガレットが両方いただける店は貴重。

店員さんの接客が丁寧でお店の雰囲気も可愛らしく落ち着く。

店内食がおすすめ。

『ランチ休憩の王国騎士』
★★★★★。
忙しい日々の合間に立ち寄るのに最適な場所。

軽食感覚で楽しめるクレープやガレットは最高である。

『贅沢(ぜいたく)な冒険者』
★★★★☆。
価格はやや高めだが、その分クオリティも高い。

贅沢な材料や特別感あふれるメニューが好みの冒険者にはピッタリ。


「おいっしいいいいいいいいい」

ミルフィが、満面の笑みを浮かべていた。

真っ白なお皿の上のクレープに舌鼓を打つ。

生クリームがふわふわで、トッピングのチョコレートも凄く美味しい。

苺(いちご)がこれでもかというほど乗っていて、店内食がおすすめと書かれていた理由もわかった。

テイクアウトの場合、フルーツが乗りきらないからだろう。

「ふむふむ、なるほどなるほど。確かにこれは最高だな」

「そういえば前から思ってたけど、タビトなに書いてるの？」

「ああ、異世界ガイドブックを本格的に作ろうと思ってな」

「いせかいガイドブック？」

「今まで行ったことのある店、狩場、観光地があるだろ？　たとえば、リルドのおっさんのところとか」

「うんうん、いいところばかりだよねえ。ここのクレープも最高だにゃ」

「それをまとめて本にしようと思ってるんだ。できれば王都を出る前に完成させたい」

「それって日記みたいなもの？」

ミルフィの問いかけに、ドヤ顔で人差しを立てて、チッチッチッ。

「俺たちの将来のためにだ」

「ふぇ？　ガイドブックが将来のためになるの？」

「そうだな。たとえば、このオルトリアに入る前、俺がまとめた効率の良い狩場、美味しい店、観光地の本が売ってたらどうする？　それも、安価な値段で」

「それは絶対買う！　だってお得だもん！」

「だろ？　でも問題もいくつかある。なんだと思う？」

「うーん……信用できないって疑う人がいる、とか？」

「その通りだ。ミルフィは俺を知ってるから信頼してくれてるだろ？　でも、知らない人が良い狩場だよって言って信じるか？」

「……信じない。その人のことがわからないし」

「だろ。本がどれだけ良くても人は信用できないと買わないし、売れない」

「じゃあどうするの？」

それを聞いて、ミルフィが頬に生クリームをつけたまま首を傾げる。

「人が人を信頼するのはまず立場だ。D級がおすすめする狩場と、S級がおすすめする狩場、どっちを選ぶかなんて一目瞭然だろ」

「うん、間違いなく後者だね」

「俺は今C級だが、今後は積極的にランクを上げていくことにする。で、後は販売する場所と手段だな」

「ふむふむ」

前世で俺はブラック企業で営業をしていた。

それを、生かすのだ。

「最終目標は世界中の冒険者ギルドで置いてもらうことだ。多くの人に手に取ってもらいやすいし、何よりも俺たちの知名度が上がる。つまりどうなる？」

「……本当のタビトのことを知る人が現れるかも」

「その通りだ。もちろん、ミルフィのことも書く。この能力を使いながら効率よく、それでいて楽しくがいいと思ってな」

するとミルフィがふふふと笑っていた。

「やっぱりタビトは凄いねえ。私じゃそこまで考えられないよ」

「いや、俺が一から考えたわけじゃない。元の世界ではありふれていたことだ」

「それでもやっぱり凄いよ。それを行動に移すのもね。応援してるにゃ！」

「なに言ってるんだ？」

「え？」

「本を作るのは俺1人じゃない。ミルフィと作りたいんだ。もちろん、良ければ——」

「是非！　私も作りたい！」

断られるとは思っていなかったが、やっぱり嬉しかった。

ほっぺたに苺クリームがついているのも、可愛かった。

「よし、そうと決まれば今日は甘い物を食べまくることにしよう。お互いに意見を書きあって、最後にまとめようぜ」

「賛成！　最高のお仕事にゃあ！」

それから俺たちは、とにかくクチコミの高いスイーツ店へ向かった。

もちろんガイドブックに掲載していいのかも尋ねたが、快く了承してもらえた。


『王都本格チョコレートバー』

4・8★★★★★（4478）

『王都の甘党』

★★★★☆。

生チョコがとにかく最高。

間違いなく王都一。

『宮廷甘党使い』

★★★★★。

カカオパウダーをふんだんに使ったケーキが美味しい。

毎週のご褒美に。

『タビト筆者』

★★★★★。

疲れた身体に染み渡るチョコが最高。

お持ち帰りもできるらしいぜ。

『ミルフィ』

★★★★★。

美味しい、美味しい美味しい美味しいにゃ。

んっ、これも美味しいにゃあ！

「ミルフィ、どうだ？」

「美味しいにゃあ！」

ちなみにレポートを書いてもらったのだが、全部に美味しいと書かれていた。

うんうん、初めてにしては上出来だ。これから一緒に頑張ろう！

「ふにゃあ、お腹いっぱいにゃああ」

「だな。でも、甘い物はこれでだいぶ網羅できたぞ」

評価の高いクチコミも書き写せばおもしろみも増すだろう。

それにこれは事実で嘘偽りなしだ。

さらに当人への取材料も必要がない。

ふっふっふ。

「タビト、凄い悪い顔してるよ」

「バレたか。よし、次は写真機を探しに行くか」

「はい！　タビト先生！」

ミルフィいわく、魔法写真という機械みたいなものがあるらしい。

冒険者の登録でも使っているらしいが、できれば高くても質のいいものが欲しい。

さすがに文字だけのガイドブックは売れないだろう。

ダンジョンのおかげで懐も随分と潤っている。

散財編、それもまたオモシロ！　だ。

『パラッパッパー！　オルトリア王都のマッピングが１００％を達成しました』

するとそのとき、ボーナスを獲得。待望のものが増えていた。

エリアピン１／２。

ハッ、これで準備完了だ。エリアピンを増やす方法は、国を完全に網羅すること。フリーピンを獲得するには、狩場を網羅すること。

よし、ガイドブックが完成次第、次の国へ向かうとしよう。

『エディリオの魔法雑貨店』
4・1★★★★☆（5147）
『魔法使いの冒険者』
★★★★☆。
ここの魔法雑貨店は他と違って質がいい。
古いのもあるが、それは手入れがいい証拠。
『A級冒険者』
★★★★★。
必要な材料やレアな薬品が手に入るので重宝している。
消耗品をよく買う。
『A級冒険者』
★★★★☆。
戦闘用、生活用、とにかく必要な物がすべて揃う。

取り置きもよくしてくれるのでありがたい。


「いらっしゃい。欲しいものあったら声かけてね」

「ありがとうございます」

店内に足を踏み入れた瞬間、床に描かれた魔法陣が、煌びやかに光りはじめた。

そのあと、店主と思われるおじさんが奥から現れた。彼がエディリオさんなのだろう。

この世界に人を知らせるアラームがあるとは。

ひとまず魔法写真のことは置いといて、飾られているものを眺めていた。

鳩時計(はとどけい)のような見慣れたものもあるが、魔法模様が刻まれている。

「ミルフィはこういうの詳しいのか？」

「んーん、全然わからないにゃあ。家があったら買ってたかもね」

「そりゃそうか」

旅をしている人にとって雑貨なんて一番必要ないものか。それもなんだか悲しいが。

「みてみてタビト」

「ん、ははっ」

「これ可愛いにゃあ！　買うにゃ！」

謎の獣耳のアクセサリーをつけてダブル耳にしていた。

可愛いが、よく見ると金貨10枚と書いている。

エディリオさんにバレないようにそっと棚に戻すミルフィ、尊い。

そのとき、魔法写真機のようなものを見つけた。

小型で、片手で持てるような感じだ。

それでいて大きめのレンズが付いている。

ちょうど尋ねようとしたとき、エディリオさんが声をかけてくれた。

「それはねえ西から手に入ったいいものだよ。なかなか写りも良くてね。1枚撮ってみるかい？」

「え、いいんですか!?　え、ええと、ミルフィこっちこっち」

「ふにゃ!?」

写真機を構えてくれたので、ミルフィの肩をグイっと持って引き寄せた。

そのままパシャリ。

インスタントカメラかと思ったが、エディリオさんは、できたよと嬉しそうに言った。

「え、どういうことですか？」

「ほら、みてみて。後はこのボタンを押せば魔法念写ができるんだ」

そう言って、何でもない白い壁に向けながらボタンを押すと、ジジジと今の光景が写真のように壁に貼り付けられた。

ピースする俺と、なぜか頬の赤いミルフィ。

「どうしたミルフィ、風邪か？」

「な、何でもないにゃあ!?」

どうしたんだろうか。しかし、この写真機は凄いな。

印刷の必要がないなんて、ガイドブックを作るのに最適だ。

「念写のサイズとかも変えられるんですか？」

「ああ、ここの数値を動かせばできるよ。小さいけど丈夫でね、魔力を動力源にするから長持ちなんだ」

「凄い……でもこの白い壁に張り付いた魔法念写はどうやって消すんですか？」

「こうしたらいいんだ。——消去(イクオット)」

魔法を詠唱しながら手でサッとすると、俺とミルフィが写っていた壁の写真が消えていく。

なぜかミルフィが、ああっと悲しそうな声を上げた。

「どうしたミルフィ」

「な、何でもないにゃあ……」

「大丈夫。今の写真は記憶(メモリー)されているから、いつでも出せるよ」

「これって何枚、いや何回撮れて保存できるんですか？」

「約10年間保存が可能だよ。それ以上は自動で消えてしまう。残したいものだけこの数値をいじればいい。保存回数に制限はないよ」

「凄い、理想的だ……」

でも、お高いんでしょう？

という言葉が口から出そうになる。

「でも、お高いんでしょう？」

あ、出ちゃった。

「高いよ」

や、やっぱり。

少し期待したがいくらなんだろう。

昔見たクイズ番組ぐらい溜めるエディリオさん。早く教えて！

そして――。

「金貨20枚だね。それでも凄く安いと思うよ」

に、にじゅうまい!?　ひーふーみーよーいーにじゅう!?

いやでも確かに安い気もするな。

10年保存できる無限写真機か。

この世界ではかなり貴重な気がする。

魔法念写があればプリントの手間も省けるしな。

「に、にじゅうまい!?」

「ミルフィ、2回目だ」

「え、ど、どういうこと？　私何も言ってないよ!?」

「俺が心の中で叫んだ」

「ど、どういうこと？（2回目）」

困惑しているミルフィをよそに、エディリオさんが何か事情があるのかい？　と尋ねてきた。

俺は、こうこうでこうでこうでこうで、ガイドブックを作りたいんですと伝えた。

すると、エディリオさんはなぜか考え込む。

それからゆっくり口を開いた。

「なるほど、記憶喪失ねえ。――よし、だったら半分の10枚でいいよ」

「え、いいんですか!?」

「ああ、魔法写真機は優れたものだが、それでも欲しがる人が少なくてね。ここで埃をかぶらせておくくらいなら、できれば誰かに使ってほしいんだ。それにお願いがあるんだが、ガイドブックができたら一冊私にももらえるかな」

「それだけでいいんですか？」

「ああ、この仕事をしている理由は利益だけじゃないからね。こういった人との会話が、私の楽しみでもあるんだ」

10枚なら前のダンジョンの稼ぎで何とかなる。

リルドのおっさんの宿泊所が激安なおかげでお金も残っていた。

「でしたら、是非お願いしたいです。ミルフィもそれでいいか？」

「え？　どうして私に聞くの？」

「俺とミルフィは仲間だからな。何をするにも2人で決めたいんだ。それに一緒に作るときっと楽しいぜ」

俺の問いかけに、ミルフィは満面の笑みで答えてくれた。

「エディリオさん、私からもお願いします！」

ミルフィの笑顔の横で、俺とエディリオさんは握手した。

それから丁寧に使い方を教わった。

スマホみたいな感じにパシャっと撮れる上に、数値をいじることで明るくしたり、暗くしたりもできる。

美味しいご飯を撮影するときには工夫したり、おどろおどろしい魔物の撮影にはそれに適したものがいいだろう。

説明が終わる頃にはすっかりと夜になっていた。

ミルフィのあくびで、ようやく気づく。

「おやもうこんな時間か。すまないね気づかなかった」

「ほんとだ……。悪いなミルフィ、夢中になってた」

「ふふふ、大丈夫。楽しそうだなって思って見てたよ」

最後にエディリオさんがこれも付けておくよ、と何かを手渡してきた。

それは、魔法ペンと魔法ノートだった。

「魔力を動力源にするペンとノートだよ。きっとガイドブックを作るのに必要だろう」

「ありがとうございます！　出来上がり次第持ってきますので！」

口約束だけで終わるのもどうかと思い一筆書こうとしたが、エディリオさんが首を横に振る。

「私は物を見る目があると自負しているが、人を見る目もある。君たちを信頼してるよ。ガイドブック楽しみにしてるね」

「ありがとうございます」

「ありがとにゃあ！」

お礼をたくさん言ってから外に出ると、ひんやりとした夜風が肌に当たる。

こんなに順調に進むとは思わなかった。

そして何よりも嬉しいことがある。

「夜空が綺麗にゃーね」

「ミルフィ」——パシャリ。

「ふぇ？　え、な、なんで撮ったの!?」

「可愛かったからな」

「え、えええ!?」

こうやって思い出を残せることだ。

突然やってきた俺が、元の世界に戻れる保証はない。でも、もしそうなったとしても、この写真さえあれば、いつでもミルフィは俺を思い出してくれるはず。

記憶はやがて薄れて消えていく。

だからこそ、こうやって今の時間を大切に保存しておきたい。

「私ばっかりズルいよ」

「はは、なら一緒に撮ろうぜ」

「にゃ！」

「はい、ちーず」

「え？　ちぃず？」

よし、明日からはガイドブック作りだ。


『ミルフィ』
★★★★★。
魔法写真っていいものだなあ。

ふふふ、楽しみー。

『タビト』
★★★★★。
カメラゲットだぜ！

これから毎日パシャリパシャリ！

１５１匹のモンスター図鑑も作ろうかな!?

アンネの小さな食堂、店内。

「嬉しいです。是非、宣伝してくださいね！」

「ありがとうシルクさん。いい本を作れるように頑張るよ」

「そういえば猫人族さんのことを知っている人はいたんですが、噂程度で見たことはなかったです。でも、北で見かけた人もいると、これも噂ですけど……」

「マジか。いや、十分にいい情報だ。これで北にいる信憑性はかなり高まったからな」

「シルク、ありがとにゃあ！」

俺がこの王都に来てから初めて訪れた場所。

許可をもらって、シルクさんの写真をパシャリ。さらにおすすめメニューのふっくらミルクパンと肉と野菜のごろごろスープをパシャリ。

もちろんちゃんといただきます。

「お腹いっぱいにゃあ」

「美味しい物食べて、それが売れたら最高だな」

「うんうん、幸せにゃ！」

といっても、1日で何軒も回るのは難しいだろう。

胃袋のことも考えて効率よく。

さっきシルクさんに教えてもらったが、俺たちのことも尋ねている。

こうやって顔を売っていくことも大事だ。

リルドおっさんの宿泊所はもちろん、エディリオの魔法雑貨店、ミリの秘密商店。

狩場、夜のクチコミも……入れておくか。

目玉は迷宮ダンジョンになるだろうな。

「あのお店まだ見てないにゃあ」

「そうだっけ？　まあ見てみるか」

なんだかファンシーなお店の外観だった。

メルヘンというか、どこかで見たことあるような。

マップを確認する。

『クマクマパラダイス』
4・3★★★★☆（2147）
『王都少女』
★★★★★。

このクマさん可愛い。

このクマさんも可愛い。

『王都少年』
★★★★☆。
この強そうなクマかっけ。

でもすぐ中の綿がなくなるんだよなあ。

『ブリジット』
★★★★★。
えへ、えへへへ。か、可愛いなあ……。


「みてみてタビト、中にいっぱいクマさんが――」

「待てミルフィ」

「え？　どうしたの？」

「やめておこう。人間の尊厳が失われる」

「え？　な、何の話？」

マップでは、小さなブリジットさんが店内でちょこちょこ動いている。

名前が書いてあるのは何度か話したことがあるからだ。

少し動いて止まって、少し動いて止まってを繰り返している。

うん、楽しく物色しているな。

おそらくだが、普段の様子から考えて、ここにいることはバレたくないはず。

この店は外して――。

「わー、クマさんがいっぱーい」

すると無邪気なミルフィが、吸い込まれるように店内へと入っていく。

マズい、急いで追いかけるも、時すでに遅し。

「ふふふ、新作のピンククマは可愛いな。おっと……こんなところを誰かに見られた――ら……」

「ブリジットさんだ！　手に持っているの可愛いクマさんですね！」

「…………」

元気よく声をかけるミルフィ。

悪気はないだろう。むしろ好意的だ。

ブリジットさんは、無表情のまま動かない。

大きなクマを抱えている。その手は自愛に満ちている。

……いや、よく見ると頬が赤い。

プルプルしている。恥ずかしいのか。

こうなってくると俺も悪い考えが浮かんできた。

彼女はどう返答するのだろうか。

姪(めい)っ子へのプレゼントとかが無難かな。

いつもの感じなら、たまたま入っただけだ、ぐらいでもいい。

さあ、どうでる！（性格悪い）

「こ、こ、これはそ、そのその……ち、ちがうんだあぁぁ！」

「ふぇ、ブ、ブリジットさん!?」

頬を赤らめ、涙目になりながらも俯いてクマで顔を隠す。

まさかの１００点、ご馳走さまでした。


「これは西地方から来たテディーベアだ。親から子に受け継がれる伝統的なものでな」

「へえ、凄いにゃあ」

ブリジットさんが10分ほど頑張って否定したあと、最後に「す、好きなんだぬいぐるみのクマが……」と頬を赤らめて話は終わった。

もちろんミルフィはずっと、うんうん聞いていたし、俺は元から知っていたので何の問題もない。

というより、S級で仕事もできるお姉さんがクマのぬいぐるみ好きなんてご褒美だ。

当人は恥ずかしいのだろうが。

それからミルフィの「よかったら色々教えてもらえませんか？」の一言から今だ。

俺も知らないぬいぐるみクマの生態はおもしろく、なんだったら特集を組んでもいいくらいだった。

「タビト、その、つまらないなら言っても――」

「いや、おもしろいですよ。俺はこのイエローのクマが好きですね」

「そ、そうか！　これはな――」

人はほんと、見かけによらないな。

この明るくて笑顔で和気あいあいとした感じが、本当のブリジットさんなのだろう。

「ありがとう。今日は楽しかった」

「こちらこそ！　今日はこの抱きクマで寝るにゃあー！」

店を出たミルフィは、細長い柔らかいクマを抱えていた。

抱き心地が抜群らしく、宿を転々とする旅人の快眠におすすめだという。

ちなみに俺も買った。楽しみッ！

ブリジットさんは意外といってはなんだが、思っていたよりも親しみやすかった。

聞けばS級というだけで避けられることも多いらしい。

「今まで多くの国に行ったが、ガイドブックは見たことがない。きっと売れるだろう。私が保証するよ」

「ありがとうございます。そう言ってもらえると嬉しいです」

凄くいいことを言われているのだが、ブリジットのクマコーナーを作っていいですか？　と聞きたかった。

言いづらい。怒られるかな？

いや、言うべきだ。

言おう、絶対言おう。

だって、可愛いもん！

「――ブリジットさん」

「――タビト」

すると、まさかのお互いの名を同時に呼んだ。

慌てて「どうぞ」と譲るが、先にと言われてしまう。

いや絶対先には無理だ。

なので何度もどうぞと促して、ようやく折れてもらった。

「記憶喪失のことはカリンから聞いた。本当の自分を探していると。ミルフィは同胞を探しているんだな」

「そうなんです。実は全然覚えてなくて」

ブリジットさんは鋭い目で俺を見つめていた。

「申し訳ないが猫人族のことは私もわからない。だがタビト――私は君のことを知ってる」

「え、知ってる……知ってる!?」

「ああ、初めは忘れているのか、それとも嘘なのかと疑問を抱いていたが、どうやらそうでないと確信した。ただ少し奇妙な話でもある。もし思い出したいなら、少し力になれるかと思ってな」

ブリジットさんは冗談を言うようなタイプじゃない。けれども、なんだか不安もあった。

戦闘をしているときの俺は、いつもより興奮度が上がる。もし何かおそろしいことをしていたらどうしようと。ただそれでも、知りたい。

「是非教えてもらえますか？」

「私が君と出会ったのは、死の――」

「魔物が逃げたぞおおお！」

そのとき、叫び声が聞こえた。

マップを確認、街中にも関わらず、後方から大型の魔物だ。

「ブリジットさん、ミルフィ――」

「ああ」

「にゃ！」

2人はすでに剣を構えていた。臨戦態勢を取っている。

現れたのは、デカい――クマの魔物だった。

これはマズい。

よりによって大好きなクマだ。

俺かミルフィが行かなければ――。

「――私がやる」

次の瞬間、俺のガイドレンズでも追いつかない速度で、ミルフィですら反応できない速度で、ブリジットさんが駆けた。

時間にすれば1秒にも満たないだろう。

クマの首を落として、次に刺突で一撃、心臓を狙った。

無駄のない二撃で、確実に戦闘力を削ぐ。

魔物は倒れると轟音を響かせた。幸い周りに怪我人は見当たらないようだが、やがて商人のような男が現れる。

「ブ、ブリジットさん!?　すみません、解体しようとしたらまだ生きてたみたいで――」

「被害は？」

「ありません。本当に申し訳ない……」

「私に謝罪は必要ない。次から同じことを繰り返さないように入念に今回のミスを精査しろ。報告書もまとめておけ」

「はい……」

打って変わっていつもの表情に戻っている。

静かに、剣の血を空中で振り払ったあとにぬぐう。

隣のミルフィも驚いていた。クマ、やれるんだ、みたいな感じで。

「どうした？」

「あ、いやクマが相手だったもので驚きが……？」

「……私が好きなのは……ぬいぐるみ限定だ……」

頬をポッ。

はい、1000点いただきました。

って、俺の話聞かねえと。

『ミルフィ』
★★★★。
クマクマクーマ。
クマクーマ♪
『ブリジット』
★★★★。
人と話すクマ話がこんなにおもしろいとは……。
ああ、もっと話したい。
『タビト』
★★★★。
ぬいクマって奥深いな。
ブリジットのクマコーナー作れないかな。
怒られるかな?
聞いてみようかな?

「大したものはないがゆっくりしてくれ」

クマの魔物を倒したあと、念のため付近の住民に被害状況を確認した。それから冒険者ギルドに討伐証明を出して結構な時間がかかった。

おかげで夜遅くなってしまい、とはいえ過去の話を聞きたかったので、ご厚意でブリジットさんの家に。

といっても冒険者なのでほとんど家にはいないらしいが。

「お邪魔します」

「しますにゃ！」

ブリジットさんの自宅は閑静な住宅街にある一軒家だった。２階建ての木を基調とした家で、家具もすべてに温かみがある。

留守が多いので、定期的にハウスメイドにお願いしているとのことだ。

寝室は2階らしいので是非行ってみたい。

下心はもちろんない。

マップの『!』が『白下着』に変わって、ブリジットさんがこっそり拾っていた。

生活感萌えもえ!

「凄いにゃあ。——クマさんがいっぱいにゃあ!」

そのとき、俺が言えなかったことをミルフィが笑顔で言った。

壁の棚には、たくさんのぬいぐるみクマが並んでいるのだ。

大きさも色も揃えられていて、熱いコレクション魂を感じる。

「俺はこのクマが好きだなー」

「私はこれかな!」

趣味はいいことだ。

俺も生前は旅行が好きだったし、アニメや漫画、小説も好きだった。

うんうん。

「……そ、そうか」

後ろ姿で返事をするブリジットさん、首が赤いので恥ずかしいのだろう。

それもまた萌え、だ!

少しだけ雑談したあと、飲み物も出してくれて、テーブルに座った。

話はついに本題に。

「私が君と出会ったのは、ここから遥か北の地。ちょうど1年前くらいだろう」

「1年前……ですか?」

「ああ、風貌は変わらないよ。ただ、口調が今よりも少しぶっきらぼうだったな。私のことを『姉さん』と呼んでいた」

「ええ!?　それはすみません……」

「はは、いや、私のほうがお礼を言いたい。なぜなら私は——君に命を助けられたんだ」

「え……俺が？」

「ああ、私が死にかけたところにね。君が、現れたんだ」


——『よォ姉さん、大丈夫か？』


ブリジットさんが北の魔族の生き残りと戦っていて、絶体絶命に陥ったとき、颯爽と現れたらしい。

そこからの話は驚くべきものだった。

そこからは俺の無双だったそうだ。

なんと、笑みを浮かべながら敵を殺していったとのこと。

……うーん、記憶はないが、戦闘に興奮するからこそのリアリティがある。

ただ不思議な話もあった。

「なぜか記憶がおぼろげなんだ。物覚えはいいほうなんだが……すまないな」

「1年前ですからね。それに、それだけでも十分な手がかりですよ」

「ほええええ、凄いねえタビト！」

「いや俺であって俺じゃないけどな」

「だが、あれほどの強さにも関わらず、君のことを誰も覚えてない。それは、やはり奇妙ではあるな」

「どうしてですか？」

「強者は否(いや)が応(おう)でも目立つ。それが絶対正義だからだ。強ければ、すべてが手に入る世界だからな」

なるほど、確かにそう言われてみればそうだ。元の世界と違って、腕一本で成り上がれるもんな。

なんか知れば知るほど摩訶不思議(まかふしぎ)だな俺。

「でもほんとよかったねタビト！」

「え？　な、何がだ？」

「人助けしてるんだよ、凄くいい人だったってことだよ」

「あ、ああ。そういえばそうか」

「彼女の言う通りだ。私はあのとき本当に死を覚悟した。だが助けられた。改めてお礼を言いたい——ありがとう」

そのとき、ブリジットさんが頭を下げた。

俺であって俺ではないのだが……とはいえ申し訳ないので、俺も頭を下げる。

それを見たミルフィが笑って、俺とブリジットさんも同じように笑った。

「ふふふ、でもこうやってまた会えるのって凄い偶然だよね。もしかして運命なのかも」

「ミルフィの言う通りかもな。冒険者をやっていると、不思議と何度もよく会う人がいる」

人と人との縁は不思議だ。それだけで、人生が変わるほどに。

これから先、俺は俺を知る人と出会うかもしれない。

そんなとき、こうやって感謝されると嬉しいな。

……逆はやめてほしいが。

「今日は泊まっていくといい。さすがに疲れただろう」

「え、いいんですか!?　やったー」

「え、ちょ、ちょっと待てミルフィ！」

「ふぇ!?」

「いやマズいだろ……とくに俺が……」

「え、なんで？」

「そ、その――男だぞ俺は!?」

それを言ったあと、２人が笑う。

「おもしろいな君は」

「おもしろいねえタビト」

「え、な、なんで……」

「私たちは冒険者だ。そんなことは気にしないよ」

「そうだよ？　それにいつも寝てるじゃんっ」

「一応ベッドは別だが……そして俺は気にするんだが……」

リルドのおっさんのところに戻ると伝えたが、まさかのブリジットさんがお酒をドンっと置いた。

「久しぶりの再会なんだ。前はゆっくりできなかったからな」

「賛成ー！　ね、タビト？」

まあでも下心なんて皆無だ。

今の俺は煩悩を消した男、タビト改Ⅱだからな。

俺が何もしなければいい。何も気にしなければ問題はない。

だったら大丈夫か。

「そうか、そうだな……。よし、今日は飲みましょう！」

「やったにゃー！」

その日の夜は、とても思い出深い時間を過ごした。

「それで、このクマはな！　ここが可愛くてな！」

それと、ブリジットさんはやっぱり可愛かった。

翌日、目を覚ますとなんだかむにゃむにゃしたものが頬に当たっていた。

左と右で少しだけ柔らかさが違う。

……え？

「んっ、ん……」
ブ、ブリジットさんのたゆん!?

「んにゃあ、もっと食べたいにゃあ……」
ミ、ミルフィのたゆん!?
……わりぃリルドのおっさん、最高の宿、ここにあったぜ。

『ブリジット』
★★★★。
自分の趣味を理解してくれる人と出会えたのは初めてだ。
本当に楽しい1日だった。
不思議だが懐かしい気持ちになった。

『ブリジットハウス』
5・0★★★★★（2）
『ミルフィ』
★★★★。
凄く楽しい1日だったにゃあ。
ブリジットさん好きいいい。

クマさんも好き。

『タビト』
★★★★。
自分のことが少しでもわかってよかった。
なんだか割といいやつみたいで安心だ。
お泊まり会は最高。

025 異世界ガイドブックが出来上がったぜ！

王都が見渡せる丘で、ガイドブック作りに没頭していた。

ブリジットさんの家のお泊まりは楽しかった。

ちなみにあの翌日、仕事でキリっと出かけていった。

相変わらずかっこよかったが、いってきますとクマさんに挨拶していたのが可愛かった。

『王都が見える綺麗な丘』
４・５★★★★★（４７８）
『王都ロマンチスト』
★★★★☆。
考えごとをするとき、僕はここを訪れるのさ。

『偶然見つけた冒険者』
★★★★☆。
すげーキレイー。

雑貨店でいただいた魔法ペンは、魔力を動力源にするのでインクが切れることがない。

そして魔法ノートはさらに便利だ。

消去(デリート)と詠唱しながら手を振るだけで文字が消えるし、復活(リジェクト)で呼び戻すこともできる。もちろん保存機能付き。

「ふにゃあ、日向ぼっこは気持ちいいにゃあ」

隣ではミルフィがぬくぬくしながら耳をぴょこぴょこ動かしていた。

その日の勢いでやりたいことを決めたり、お金に余裕があるときは自由を満喫できるのが冒険者の良いところだ。

ガイドブック作りは楽しいが難しかった。

王都オルトリアの良さをたっぷり詰め込まないといけない。

ディープなスポットはあえて避けて、できるだけ初めて訪れる人や冒険者たちに喜ばれるように書く。

魔法写真もふんだんに使って、クチコミを書いてくれた人(といっても自動だが)にも喜んでもらえるような。

「……おやしゅみなさい」

「ああ、ゆっくり寝ててくれ」

インタビューをするために街を奔走してミルフィは頑張ってくれていた。

昨日も走り回ってくれたのだ。

俺も頑張らねばならない。

ミルフィを横目に、ただひたすらに書いては消して、書いては消して。

そして――。

「ミルフィ、起きろ、起きてくれ」

「むにゃむにゃもう食べさせてよお……」

「食べてないパターンの夢めずらしいな」

夕方前、ミルフィを起こそうとしたが、なかなか目覚めない。

戦場では反応がいいのに、なんでだ？

なので、耳の付け根を触ることにした。

「ぁっあん……ああっぁあん！　んっぁっあああん！」

「声デカすぎぃ！」

「ふぇ……あ、おはよう」

「お、おはよう」

思わず周りに誰かいないか確認してしまった。

次からは気を付けよう。襲っていると勘違いされそうだ。

そして俺は、手元の本を見せた。

「できたよ。試作品だが、読んでくれるか？」

「え！　読むよむ！」

読者第1号、ミルフィは『王都オルトリアの歩き方』と書かれた本を手に取ると、まず表紙から褒めてくれた。魔法写真でプリントした、王都の街が写っている。

目次では、シルクさんの食堂、魔女ミリさんのお店、リルドおっさんの宿泊所、ティアと行った観光地も含めて色々書いている。

冒険者コーナーでは、厳選した狩場のおすすめが書いてある。

クチコミからピックアップした注意点も盛り込み。

さらになんとブリジットさんのクマコーナーまで。

これは意外にもノリノリで書いてくれた。正直、一番の目玉かもしれない。

見終わったミルフィが、大きくため息を吐いた。

「……どうだった？」

「凄い……これ、凄いよ！　革命だにゃ！」

「はは、言いすぎだろ。でも、ありがとな。最後のページに俺たちのことを書いておけば、見てくれた人が冒険者ギルドで教えてくれるだろう」

「うんうん、完璧だにゃあ。あ、でも最後らへん空白だったよ？」

「ああ、そこはミルフィに書いてほしいんだ」

「そうなんだ。――え!?　わ、私!?」

「ああ。猫人族から見た王都オルトリアも紹介してほしいからな」

「え、ええー!? で、でも、本なんて書いたことないよ!?」

「俺もだよ。だから、一緒に頑張ろうぜ。きっとみんな欲しがるはずさ」

「そ、そうかな?」

「間違いない。俺が保証するよ」

「じゃ、じゃあ頑張る!」

それからまた書きはじめた。

時には優しく、時にはスパルタで。

「そこ、誤字!」

「はいにゃ!」

リルドのおっさんの写真も追加しにいったり。

「このオレ、なんかハゲてないか?」

「大丈夫そのまんまだぜ」

そしてようやく、完全な本が出来上がった。

「ミルフィ、イイ感じだ! 魂がこもってるぜ!」

「疲れたにゃあ……」

俺と違って旅行本なんか見たことないだろうに、それでも頑張ってくれた。

おもしろいのは、猫人族から見るおすすめスポットだ。

「この日当たりスポットってそんなみんな喜ぶ……のか?」

「ふぇ!?　だ、だめ!?　多分みんな喜ぶよ!?」

「いやダメじゃないが、ちょっと笑ってしまった」

まるで輝くような一冊だ。これなら大勢に喜んでもらえるだろう。

それに、もしかしたら命だって救えるかもしれない。なんて、たいそうなことを考えすぎか。

後はコピーだ。

コンビニどこにあるっけか。

え、コココココピー!?

「ミルフィ、コココココココココ！」

「え、ど、どうしたの!?　ニワトリ!?」

「コピー機、この世界にコピー機はありませんか!?」

「にゃ、にゃんの話!?」

ガイドブック作りに夢中になって、すっかり忘れていた。

印刷所なんてあるのだろうか。あったとしていくらかかるのだろうか。

「複製が……本の……」

「ん、それはもう話しといたよ？」

「え、ど、どういうこと!?」

ドヤ顔のミルフィが、微笑んでいた。

「はい。こちらが複写したものです。お確かめくださいませ」

「ありがとうございます。カリンさん」

冒険者ギルドに移動。

手渡された2冊目のガイドブックは、見事に細部まで再現されていた。

「すげえ、完璧だ」

「規約を変更した際、皆様にお渡しする業務で使いますからね。専用の複製魔法機があるんです」

「これはどこの冒険者ギルドにもあるんですか？」

「そうですね。すでに審査も通っていますよ」

「すでに審査？」

「はい、ミルフィさんから承っておりましたから。本があれば冒険者の死亡率も減ると、上層部からも許可を得ています」

驚いたことにミルフィは早くから根回しをしてくれていた。

冒険者ギルドで配布するために、観光本という位置づけではなく、初心者冒険者に優しいということで複写の許可を申請していたらしい。

前例がないため、返答に時間がかかるとわかっていたらしく、この本を作ると決めたときから動いてくれていたらしい。

「何で教えてくれなかったんだ？」

「もしダメだったとき、タビトがショックを受けるかなって。そのときは、また考えようと思って

冒険者ギルドには送金システムがあり、売上分は俺の口座みたいなところに入れてくれて、どこでも自由に引き出せるらしい。

多少の金銭を払って複写してもらい、さらにそれを目立つところに置いてもらうことが決まった。

ただ、もちろん無料ではなかった。

もじもじミルフィ。うん100点。

「え、ええ!? は、恥ずかしいにゃあ!?」

「なんていいやつなんだ俺の相棒は」

たから」

ただ別にこれで儲けようとは思っていない。

あくまでもこれは俺とミルフィの過去を探るためだ。

それと、旅行が好きだった俺の趣味も兼ねている。

「それにブリジットさんもだよ」

「え?」

「後押ししてくれたらしいよ。タビトの本は、絶対に良いものだからって上層部に」

「そうだったのか……」

知らなかった。

ほんといい人ばかりだ。

だが居心地がよすぎるからといってずっと王都に滞在するつもりはない。

準備が整い次第、次の国に出発する。

もちろん、最高の相棒と。

「よし、後でブリジットさんにクマさんのぬいぐるみ買っていってあげよう」

「賛成だにゃ！」

もちろん、エディリオさんにはすぐ持っていった。

表紙から喜んでくれて、見終わったあとは満足そうに肩を叩いてくれた。

「ありがとう。これからも楽しみにしているよ」

翌日から俺のガイドブックは、冒険者ギルドで配布された。

驚いたことに数時間たらずで売り切れたらしい。

俺のことを知っている人が増えていたのと、ブリジットさんのお墨付き、というのが後押しになったみたいだ。

また、以前パーティーを組んだカルロたちがクチコミで広めてくれていたらしい。

今までの出会いが、すべて良い方向に向かっている。

そして王都を出る話がまとまりかけていたとき、後ろから声が聞こえた。

「……あの」

「ミルフィ、王都出るのは来週でいいよな？」

「うん！　次はティアの国だね。楽しみだにゃー」

「ああ、楽しみだ」

「……こっちを向いてもらえますか？」

気のせいかと思ったが、やはり何か聞こえた。

後ろを振り返るが、誰もいない。え、ホラー？

視線を落とすと、小さな黒いフードを被っている人がいた。

誰だ？　いや……サイクロプス討伐のときにいたやつじゃないか？

「もしかして、サイクロプスのときにいた人ですか？」

小さすぎて顔が見えないが、「そうです」と、こくこく頷いた。驚いたのは、声が若々しい女性だったことだ。だがなぜ声をかけてきたのだろうか。ミルフィに視線を向けてみたが、首を傾げていた。

「どうしたんです？」

「あの……覚えてないですか」

彼女は、静かにフードを取った。思わず、息をのむ。

白くて長い耳がピンと立っていた。金髪に碧眼（へきがん）、幼い顔立ちだが、幼女というほどでもなく、顔立ちはかなり整っている。ミルフィと違った美しさが感じられた。まるで、絵画を見ているような。

ただ、間違いなく初めて見る。なのに不思議なのは、どこかで見たことあるような気がするのだ。

「エルフだ。めずらしいぜ」

「ほんとだ、人里に来るんだな」

「子供か？　いや、年齢はわかんねえのか」

そうか。エルフなのか。実際に見てみるとこんなにも美しいとは。

王都でもめずらしいらしく、周りも驚いていた。

金髪碧眼少女エルフ。

パワーワードすぎるだろ。

ミルフィに声をかけようとしたら、エルフがぼそぼそと呟いた。

「やっぱりだ……生きてたんだ」

「ん？　生きてた？」

どうやら誰かと勘違いしているらしい。

申し訳ないと伝えようとしたら、なぜか抱き着かれた。

え、一目ぼれ!?　俺がイケメンだから!?

「八雲旅人さあああああんアクアですううう」

「え？　ええ!?　アクア……？」

いやそれより、なんでこの金髪碧眼少女エルフ、俺のフルネームを知っているんだ!?


『ミルフィ』
★★★★★。

今日もいい日だったにゃあ。
ん、誰この女の子？
どこかで見たことあるような。
『タビト』
★★★★。
ガイドブックが好調で最高だ！
え、だ、誰この金髪碧眼少女エルフ!?
な、なんで!?　何で抱き着かれるの!?
俺がイケメンだから!?　俺がかっこいいから!?
『アクア』
★★★★。
やっぱりそうだ。間違いない。
生きてた、生きてた、生きてたああああああ。

「凄いクマさんがいっぱいあります」

「そ、そうだな……ええと、そのクマは……」

「可愛いですよ」

「おお、そうか！　ありがとう、アクア！」

なぜ俺のフルネームを知っているのか尋ねようとしていたら、そこにブリジットさんが現れた。

私も知りたいとなり、ゆっくり話せる場所に移動しようということでクマクマ邸にやってきたのである。

アクアとは、目の前でクマの説明を受けているエルフ少女の名前だ。

サイクロプスの討伐で、凄まじい功績を残した魔法使いでもある。

「このクマは西の——」

「あ、あのブリジットさん」

「ん、なんだ？」

「あ、あの俺の正体がその、知りたくて……」

「すまない、つい興奮してしまって……」

照れるブリジットさん２００点。

けどちょっと後でお願いします。

それからお茶を用意してもらって、４人でテーブルを囲む。

ここへ来る前、ミルフィが小声で注意してくれた。

『油断しないでね』

『どういうことだ？』

『何が起こるかわからないからだよ。魔法使いの中には記憶を読み取れる人もいる。どこかで頭の中をのぞかれただけで、騙されてる可能性もあるから』

『……わかった』

こういうとき、いつも抜け目がないのがミルフィのいいところだ。

けどなぜか、アクアが悪い人には見えなかった。

「いただきます。――ひゃ熱い!?　あ、す、すみません猫舌で……」

「そんなに熱いのかにゃ――あああっあん!?」

「ふ、２人とも大丈夫か？　すまないな、もう少し冷ましてから飲んでくれ」

「すみません、ありがとうございます」

「にゃあ……」

２人とも、ベロを出してひーひーしていた。やっぱり、悪いやつには見えないな。

もしかして姉妹かな？

「それで、さっそく本題に入りたい。アクアは、なんで俺の名前を知ってるんだ？　というか、なぜ今このタイミングで？」

サイクロプスの討伐では話しかけてこなかった。その理由が、わからない。

「……そうですね。色々と順序立てて話したいのですが、私の記憶も曖昧なところがありますので」

「記憶が……曖昧？」

「はい。──先に質問してもいいでしょうか？　少し、意味深な言い方になりますが、それも意味があってのことですので」

「ああ構わない」

「八雲旅人さん、あなたは何を覚えてますか？」

「……何を？」

言葉の意味がわからなかった。しかし、アクアは真剣な顔つきで俺を見つめている。

そして──。

「ミルフィさん、ブリジットさん、あなたたちもです」

「え、わ、わたし？」

「何の話だ？」

「みなさん、何を覚えていますか？」

質問の意図がわからない。

からかっているわけではなさそうだが、何が言いたいのか。

俺たちは、首を横に振る。

「……わかりました。でしたら結論から言います。1年前、私はあなたたちと旅をしていた記憶があります。ただそれも断片的なものに過ぎません」

「……旅？」

「はい。そして私たちは、死の将軍（デスジェネラル）を倒したのです」

旅？　1年前？　一体何を……何を言っている？

アクアは続けた。

「ブリジットさんは、タビトさんのことを覚えているんですよね？」

「命を助けられたときの記憶はある。だが、それ以外はおぼろげだ」

それを聞いた上で、アクアは顎に手を置いた。

ちなみにこんなときになんだが、頭を悩ませるエルフ少女はとても可愛い。

「私たちが倒した死の将軍は、単純な戦闘能力だけでも世界最強と言われるほどでした。他人の命を奪うために誕生したと言っても過言ではありません。ただ何よりもおそろしかったのは、呪いの魔法です。死してなお残した魔術、その結果、タビトさんに関する記憶が世界中から消されたと推測されます」

「……記憶が消えた？　アクア、一体何を言ってるんだ？　訳がわからないぞ」

「そうだね。タビトの言う通り、何が……目的なの？」

俺は困惑していたが、ミルフィは少し怒っているように思えた。いや、警戒しているのだろう。

それでもアクアは続ける。

「世界には魔力が漂っています。それを介して人々の記憶を改変したのでしょう。八雲旅人さん、あなたは死の将軍を倒して、世界を平和にしました。ただし最後に呪いを掛けられたのです。あなた自身も忘れてしまうほどの、強力な呪いです」

「……つまりなんだ、俺たちは元々旅の仲間だったが、死の将軍を倒した結果、呪いを掛けられてしまった。そして、俺に関する記憶が綺麗さっぱりなくなったってことか？」

「それで間違いないと思います。死の将軍の魔法の文献にも、呪い魔法の記述が確認できます」

「……だとしたら、なぜアクアは俺のことを覚えてるんだ？　おかしいだろ？」

「私は生まれながらにして魔力抵抗が高いのです。おそらくその問題だと思います。ブリジットさんも同様、もしかしたら同じような人もいるかもしれません」

すぐに否定しようと思った。だがふと思い出す。

俺のことを少しでも覚えていた人は、魔女のミリさんと宮廷魔法使い候補のルイだ。

2人とも魔力は高いだろう。……いや、それでも信用できない。

ただそのとき、まさかのミルフィが口を開く。

「でも……私も初めてタビトと会ったとき、実は……なんだか懐かしい感じがしたの。もしかして、それって関係してるのかな」

訳がわからなかった。しかしミルフィの顔は、どうやらアクアの言葉を信じているかのようだった。

「……ねえ覚えてる？　私のことをタビトが見つけてくれた日のこと」

「ああ、もちろん覚えてるよ」

忘れるわけがない。大切な仲間と出会った瞬間だ。

「私、あの日、落とし穴に落ちたときの記憶が全然ないの。でもなぜか悲しんでた。つらくて、苦しくて、だけどここから動いてはいけないって強く思ってた。そのとき、タビトと出会った瞬間に嬉しくて嬉しくて、もしかしてだけど……何か関係してるのかもって」

「それはわからないが……さすがに話が飛躍しすぎだろ」

「でも、アクアさんの話を聞いたら、凄く、凄く納得できた」

用心深いミルフィがこんなことを言うなんてめずらしい。

つまりなんだ、俺は……ただ記憶を失っていただけってことか？

ずっと前からこの世界で生きていたと？

なら本当に死の将軍も、俺が？

「あ、すみません。大変申し遅れました。こちら、聖神の証です。私は嘘をついていないことを、これで信じてもらえませんか？」

「……なんだと」

「凄い……初めて見た」

そのとき、アクアが胸元のネックレスを出した。

そこには、女神のような絵が描かれている。それを見たブリジットさんとミルフィが、同時に声を上げた。

ちなみに、本当にちなみにこんなときになんだが、ちょっとだけ胸元が開いたのでドキッとした。

「これって、凄いのか？」

「国王陛下から授与されるものだ。清く正しく、それでいて品行方正の魔法使いだけに与えられる」

「私も知ってる。けど、初めて見た」

ハッ……じゃあ、マジなのか。

……俺も、信用してみるか。

「アクア、俺の話も聞いてくれるか――」

俺は、アクアに話した。

異世界転生してきた日のこと。

ミリさん、ルイ、そして――1つの結論に至った。

「……おそらくですが、タビトさんがこの世界に来たと思っていた日、そのときに記憶がリセットされたんじゃないでしょうか。それならすべての辻褄が合います」

「となると、俺はずっと前からこの世界にいたってことになるよな？」

「はい。私は覚えています。断片的な映像に過ぎないですが、確かにあるのです」

信じられない。だがそうとしか思えない出来事もある。

身体がやけに戦闘に馴染んでいたこと。

そして俺は、この世界でまだ誰にも八雲旅人と名乗っていない。

なのに初めて会ったはずのアクアがそれを知っていることは説明がつかない。

ただ1つだけ、記憶を読み取れるという魔法があるかもと。

その可能性だけはゼロじゃない。

「サイクロプスの討伐に参加したのは偶然だったのですが、タビトさんとミルフィさん、ブリジットさんを見たときに、何とも言えない違和感を覚えました。それからずっと、タビトさんの後をつけていたのです。声をかけなかったのは、私にも確信が持てなかったからです」

「え？　後を？」

「はい。後を」

「どこから？　どこまで？」

「すべてです」

さらりと凄いことを言っているが、大丈夫だろうか。

え、なに俺エルフにストーカーされていたの？

……悪くないな？

「ま、まあそれは後で聞こう。それで初めの話に戻るが、なんでこのタイミングで声をかけてきたんだ？」

「それは、思い出したからです。冒険者ギルドで置かれたガイドブックを見た瞬間に、記憶が蘇ったのです。八雲旅人さん、あなたに命を助けられたことを。――これを見てください。私のポケットに入っていたんです。これが何なのかわかりませんでしたが、どうしても捨てられませんでした」

アクアがポケットから出したものを見て、俺は言葉を失った。

「……これ、タビト」

「ああ……これは……間違いないかもしれないな」

なんと、手作りのガイドブックだった。今よりも洗練されておらず、少しボロボロだが、書きかけの筆跡がまったく同じだった。

そこには、クチコミのことも書かれている。

まだ俺が行ったことのない場所だ。

つまりこれは、前の俺が作ろうとしていたものってことか。

「ハッ、マジかよ」

否定する材料はもう残っていなかった。

これが、事実なのだ。

ミルフィが、アクアに尋ねる。

「タビトの記憶は戻らないの？」

「自然に戻る可能性はあるかもしれません。もしくは、私のようにきっかけがあれば強く思い出すかもしれません。死の将軍を倒したときの呪いが徐々に薄まっている可能性もありますが、今のところ何もわからないですね。すみません」

アクアの覚えていることも断片的だった。ボロボロのガイドブックを改めて読んでみたが、何かを思い出すことはなかった。

すべてが終わる頃には深夜になっていた。ふたたびブリジットさんの家に泊めてもらうことに。

だが俺は眠れなかった。

夜景を見ようと外に出て、フリーピンの操作をしていたら、手を握られた。

耳がぴょんぴょん、モフモフのミルフィだ。

「私も、いいかな」

「ああ――」

『10秒後に移動します。戦闘状態になった場合は、強制的に解除されます』

ティアと見た、夜景が見える丘で、夜空を眺める。

「凄い話だったね」

「ああ、いまだ信じられないが、多分間違いないな」

「でも、私は納得したかも。タビトとすぐ仲良くなれた自分が不思議だったから」

ほのかに微笑む彼女は、とても儚(はかな)く見えた。

「これは推測にしか過ぎないが、アクアの言っていることがすべて真実なら、俺があの森にいたことは偶然じゃない気がするな」

「どういうこと？」

「おそらくだが、俺の能力は以前もあっただろう。だが記憶を失った時点でリセットされるとわかって、最後にフリーピンで飛んだんじゃないかな」

「どうして森に？」

「……もしゼロになっても、一からスタートすれば、記憶が戻ると考えたんじゃないのかな。で、ミルフィも付いてきてくれたんだ。さっき、手を握ってくれたみたいに」

この推理には何の確証もない。

だがもし自分が記憶を失うとわかっていたならそうするだろうと、そう思った。そして、ミルフィなら付いてきてくれるだろうと。

「だったら私が落とし穴から動かなかったのは、タビトを待っていたからだね」

「はは、そうかもな」

ミルフィは優しい。

記憶を失った俺は赤ん坊同然だ。

きっと、守ろうとしてくれていた。

……そうだといいな。

「これからはどうするの？」

「変わらないよ。旅を続けたい。でも1つ確信してることがあるんだ」

「確信？」

「きっと以前の俺もミルフィの同胞を探してたんじゃないかな。その旅の途中で、死の将軍と戦ったんだと思う」

「ふふふ、だったらタビトは本当にいい人だね」

「どうだろうな。相当なバトルジャンキーだったと思うが」

驚きはしたが、何の問題もない。

本当の自分を探す旅から、記憶を取り戻す旅に変わっただけだ。

「これからもよろしくなミルフィ、でいいよな？」

「うん！　当たり前だよ！」

絶対に記憶を取り戻したい。

ミルフィ、ブリジットさん、アクア、そして俺。

考えてみよう。

どれくらい一緒に旅をしていたのかわからないが、死の将軍を倒せるほどのチームワークがあったはず。

つまり、仲良しこよし。

想像しただけで幸せだ。

美女３人と俺だぞ。

そんな幸せハーレムな旅なんて絶対良い思いをしていたはずだ。

きっと風呂とか、なんだったらあんなことやこんなことをしていた可能性すらある。

思い出せ、絶対思い出したい。

ああああああああ、頑張れ俺えええ。

失われたハーレム記憶ううう。

『ブリジット』
★★★★★。
失われた記憶、か。
まだ信じられないが、どんなことを話していたのだろうか。
クマのことも言っていたのだろうか。
『アクア』
★★★★★。
少し不安だったけれど、わかってもらえてよかった。
なんだか安心する。仲間といるから？
それとも、このクマ抱き枕のおかげかな？
『ミルフィ』
★★★★★。
タビトと知り合いだったなんて驚いた。
でも嬉しかったにゃ。
……えへへ。

『タビト』
★★★★★。
戻れ記憶、戻れ！
絶対あったであろう幸せな記憶。
戻れ！　戻ってくれ！
俺のハーレムスローライフ！　戻れ！

「お、おい見てみろよ」

「すげえな……」

「確かに……」

翌日、アクアとミルフィと王都の道を歩いていたら周りがざわついていた。

そういえばルイが、エルフ族はめずらしいと言っていたな。

周りも耳がピンと立っているだけでわかるのも凄い。

さすが、この世界の住人なだけある。

「イイ女連れて男1人かよ」

「ああ、クソいいなハーレムかよ」

「私もあんな耳になりたいー」

いや、ただ2人が可愛いだけだった。

ちなみにブリジットさんはギルドに呼び出されていて早くに出て行った。

S級はいつも忙しそうだ。

ミルフィと夜景を見たあとは、不思議とぐっすり眠れた。

目を覚まして彼女たちが話しているのを見ていると、なんだか懐かしい気持ちに浸れた。

きっと俺はもう疑っていない。

みんなで旅をしていたんだろう。

「アクアはどんな魔法を使うにゃ？」

「基本的な魔法は一通り使えます。洗脳や魅了、呪いといった類は相性が悪いのでできませんが」

アクアの横顔を見ていると、改めてかなり整っていることがわかった。

昨日は驚きが優（まさ）っていたが、とんでもなく美人だ。

クソ、過去の俺め……どんな良いことがあったのだ……思い出してぇ……。

「――タビトさん？」

「え？」

「あ、いえ。お呼びかけしていたのですが、お返事がなかったもので」

「昔のことを考えていたんだ。俺たちは、どんな関係だったんだろうとな」

遠い目で空を見つめる。嘘はついていない。嘘はな。

「そうですよね……私の記憶も断片的なので何とも言えないですが、死の将軍と戦うくらいです。きっと関係は良好だったんじゃないでしょうか」

「はは、だと嬉しいな」

最高だ。最高。

「でも、本当に旅をしてるだけで思い出せるのかな？」

「どうでしょうか。そのあたりは私もわかりません。記憶を戻す魔法もあると聞いたことはありますが、本当に実在するのかどうかはわかりません」

「それがあれば解決するんだがな。——っと、ここでストップだ。かなり良い店があったぜ」

『王都冒険者雑貨店』
４・７★★★★★（７１４７）
『A級冒険者』
★★★★☆。
旅に出る前はいつもここで買い物をする。

中でご飯も食べられる。

『B級冒険者』
★★★★☆。
携帯食からげぇむまで何でもある。

困ったらここ。

『カルロ』
★★★★☆。
ダンジョンに行く前によく行く。

子供たちが欲しい遊び道具もある。

店内は、今まで入った中で一番広々としていた。

王都では革新的なイートインスペースみたいなものがあって、カフェも隣接しているらしい。

ここへ来たのは、旅での必需品を購入するためだ。

ミルフィはいつも最低限しか持たないらしい。

だが次の国へ行くには、海を渡る必要もあって、結構な準備がいる。

きっと外で眠ることもあるだろう。

テントがあれば最高だが、それは望めない。

「凄い、広いねえ」

「驚きました。こんなところがあったのですね」

「俺もだ。そういえばアクアは何のために王都に来たんだ？　俺のことを思い出したのは、偶然なんだろ？」

「魔法を覚えるのが趣味なんです。王都へは魔導書を探すために来たのですが、その際にガイドブックを見つけて、という感じですね」

魔導書は魔法のことが書かれている書物だ。

複雑なものだったり、昔のものは文字で記載されている。

言葉では言い表せない感覚的なものもあるらしく、それにより今もなお各地に存在していると教えてもらった。

「それなら後で魔導書が売ってそうな良い店も知ってるから教えるよ」

「え、本当ですか？　……嬉しいです」

静かに微笑むアクア。

随分と優しい目だ。ずっと真面目な表情しか見ていなかったが、こっちが素なのだろうか。

俺もフィギュアとか集めていたことがあるので気持ちはわかる。ん、違うか？

「衣服と火を熾す木材とかも買っておくか。狩場で探すだけでも時間がもったいないからな」

「そうだね。できるだけ多いほうがいいかも。後は食料もだけど」

それから俺たちは、木棚から色々と必要なものを籠に入れていく。

「これも買っておくにゃ！」

「おっけいだ。ミルフィ、これも欲しいな……スーパー木材だって」

「それはいらないにゃ」

まるで、カップルのように。

そして気づけば山盛りだった。とはいえ、必要経費だ。

だがそれを見ていたアクアが、眉間にしわを寄せている。え、もしかしてやきもち!?

そうか。俺としたことが、そこまで考えが及ばなかった。

ずっと旅をしていたんだ。俺のことが好きだった可能性もあるだろう。

記憶と共に恋心が……。

俺は、真剣な表情でアクアを見つめる。

「大丈夫だ。その気になれば分身できるかもしれない」

「何の話ですか？」

君の気持ちはわかっていると返そうとしたが、本当に困惑していたのでやめた。

「どうしたんだ？」

「いや、どうやってこの荷物を運ぶのかなと考えていただけです。もしかして馬車移動ですか？」

後で教えるよ、ふふふと伝えて、まずは食堂コーナーへ移動。

そういえば旅行鞄のことを説明していなかったな。

王都といえばミルクパンなので、飲み物も頼んで席に座る。

「美味しい！　このパン柔らかいにゃあ」

「もっと早く来ればよかったな」

「確かに、凄く美味しいですね」

モチモチで柔らか、中にはたっぷり生クリームが使われている。

食べ終わってから、大量の荷物を旅行鞄に入れていく。

それを見ていたアクアが、パンを机の上にポトリと落とした。

「なななななな、何をしてるのですか!?」

「ああ、これは便利な鞄でな。ほら、中を見てくれ」

「……く、空間魔法!?　こんな小さな袋の中に……ですか」

「ああ、でも構造はわからな――」

「見せてもらえますか!? 凄い……中に亜空間があるんだ。でも魔術原理はどうなってるんだろう……」

アクアは興味津々だった。ずっと冷静だった姿の面影はどこにもない。

魔法本を集めていると言っていたが、どうやら俺が想像していたよりも魔法が好きらしい。

短い旅だったとしてもこうやってワイワイしていたのだろうか。

やっぱり変な意味ではなく思い出したい。

きっと楽しい思い出がいっぱいあったはずだ。

「前のときもこうやってみんなで話してたのかな」

そのとき、ミルフィがぼそりと言った。

まったく俺と同じことを考えているらしい。

「かもな」


買い物を終えた帰り道、クチコミが良かったスイーツを食べながら歩いていた。

アクアも気を許してくれているらしく、穏やかな表情をしている。

「このチョコ美味しいですね」

「もう食べられなくなるのは残念にゃー」

「だな。でもいつでも戻ってきたらいいさ。忘れたのか?」

「あ、そっか！」

「次の国からは商人としての活動もしてみよう。物価や人気のものを調べて、情報がまとまったら買い付けたりな。たまに王都に戻ってもいいし」

「それも楽しみだね！　ふふふ、いっぱい稼ぐにゃ！」

アクアは、不思議そうに首を傾げていた。

そういえばフリーピンやエリアピンの話はしていない。

できるだけ秘密にしておくと決めたが、彼女ならすべてを話しても大丈夫だろう。

「ええとな、アクア——」

そのとき、兵士が慌ただしく走ってきた。何か起きたのだろうか。

焦った様子で声を掛け合いはじめた。

まるで以前のネームド討伐のときのような雰囲気を感じる。

詳細を尋ねようとしたとき、ブリジットさんが現れた。

急いで声をかけに行く。

「ブリジットさん、どうしたんですか？」

「——タビトか。緊急事態が発生した。討伐ランクS級のモンスターが目撃されたらしい」

討伐ランクとは、冒険者の適性と合わせて指定されている魔物の位置づけのことだ。当然だが、Sが一番上である。

聞き間違いかと思ったが、どうやらそうではないらしい。

ミルフィですら聞いたことがないという。

そこで、アクアが尋ねる。

「魔物の数と場所は？」

「1体だけだ。ただ問題はそれがワイバーンで、崩壊したダンジョンから飛び出した魔物らしい。炎を吐くことも確認されている」

ダンジョンは、長い間、攻略されていないと、魔力が高まりすぎて崩壊してしまうらしい。

そうやって逃げ出したモンスターは、通常個体と違って強い。

ただし外に出ると時間経過と共に塵となって消えるとのことだ。

原因は不明だが、ダンジョン内部には魔力が多い分、器官が独特らしい。それが理由ではないかと言われている。

「だったら、放っておけばいいってことですか？」

「王都側とすれば被害がなければ動かないだろ。問題は近隣の領地村だ。それについて今は話し合っている。おそらく、出動命令は出ないだろう」

王都の近くには村がいくつか存在している。

税を納める必要はあるが、そのおかげで食料や物資の輸出、ちょっとした魔物討伐なら国が請け負ってくれる。しかし、今回は例外だろう。下手すれば、王都にも被害が出てしまう。そうでなくても後回しになる可能性は高い。

となると冒険者も動かないだろう。依頼がなければ報酬は発生しないからだ。

しかし俺は思い出していた。洞窟で少女を助けたときの村を。

……後悔はしたくないな。

ふと視線を横に向けると、アクアの手が震えていた。しかし突然、杖を地面に置いたかと思えば、ふわりと浮かせた。

「私は様子を確認してきます。何かあってから後悔したくありませんから」

俺が考えていたことを、彼女は言葉にした。それが、なぜか嬉しかった。

そこでブリジットさんが制止する。

「まだ被害があるとは決まっていない。それに……飛行魔法が使えるのか？」

「城壁を乗り越えるくらいはできます」

ミルフィに教えてもらったことがある。飛行魔法は、卓越した技術がないと不可能だと。

わかっていたが、やっぱりアクアは規格外だな。

「悪いが、今は全門を閉鎖している。当然だが飛行で外に出ることも王都側にとっては好ましくない。最悪の場合、再入国ができなくなるぞ」

「それでも構いません」

王都は流通の中心地だ。それだけじゃなく、魔法も人も、すべてが集まる。

誰であろうと心が揺れ動く言葉にも、アクアは即答で答えた。そして、ミルフィも。

「アクア、私も行くにゃ」

「……いいんですか？」

「当たり前だよ。1人では行かせられない。でも、私はわかってる。——ねえ、タビト」

ミルフィが、俺の目をまっすぐに見つめた。短い期間だが、どうやらわかってくれているらしい。

俺が、彼女を1人で行かせるわけがないと。

「俺も行く。それに安心してくれ。俺の能力なら誰にもバレずに外に出られる」

「どういうことですか？」

アクアが尋ねてくるも、ブリジットさんが初めて見せる表情を浮かべていた。どこか、つらそうな。

「ダメだ。そもそも、ワイバーンは数人で討伐できる魔物じゃない。サイクロプス以上に人が必要だ。どうしてもというなら、私が説得するまで待ってくれ」

ブリジットさんがここまで言うのなら本当に強いんだろう。ワイバーンといえば、ドラゴンの一種だ。空を飛ぶだけでも脅威なのは間違いない。しかしだからこそだ。村が襲われたら、ひとたまりもないはず。

そしてそこで兵士が声を上げた。

「ワイバーンが、領地村に向かってるらしいぞ！」

「なんだって？　出動は!?」

「命令はまだだ。クソ、こういうときに動けないなんて……」

最悪のパターンだ。もう時間はない。兵士の口ぶりから、サイクロプスの川からほど近い場所とわかった。すぐにフリーピンを差し込んで、準備をした。

「ブリジットさん、申し訳ないですけど俺は行きます。でも安心してください。絶対に生還しますから」

俺は、ミルフィと顔を見合わせた。アクアの目を見てみたが、意思は変わっていない。

そこで、ブリジットさんが俺の肩を掴んだ。

「君たちの覚悟はわかった。私も行く。ただし、責任はすべて持つ。君たちは、私の判断で強制的に連れて行かれたと報告しろ。——これから先、何があってもだ」

俺と違って、ブリジットさんは王都や冒険者ギルドからの絶大な信頼がある。もしここで許可なしに行けば大変なことになるだろう。再入国どころか、冒険者免許の剝奪すらありえる。

なのに、それでも俺たちを心配してくれる。

こんなときにも関わらず、俺は笑みを浮かべてしまった。

確信したからだ。

——俺は、間違いなく彼女たちと旅をしていた。

なぜなら、こんなにかっこいいやつらは、他にいないからだ。

だが今は、頭を切り替えなきゃな。

「責任は俺だって持ちます。それに出るときは、絶対にバレないので。——みんな、手を離すなよ」

ミルフィが、アクアと強く手を握っていた。俺はブリジットさんの肩を掴む。

2人は訳がわからないはずだ。それでも、信頼してくれたのか動かないでいてくれた。

――『10秒後に移動します。戦闘状態になった場合は、強制的に解除されます』

そして、秒数がゼロになった瞬間、視界が切り替わった。

以前と同じ、川や橋が見える。

アクアが驚きながら声を上げて、ブリジットさんが首を大きく動かして周囲を見渡す。

「どういうことだ……なぜここに」

「転移……魔法ですか!? それも複数人で!? こんなの、ありえない」

「詳しい説明は後で。まずは――」

俺はガイドマップを確認した。するとそこで、おそろしいものを見た。

見たこともないほど巨大な物体が『村』に一直線で向かっているのだ。

急いで伝えて、全員で駆ける。しかしやはり、ブリジットさんとミルフィの速度が凄まじかった。

脚力が違う。それでも必死に食らいつこうとしていると、突然、身体が軽くなる。

「――足が速くなる魔法(ファストムーブ)です。終わったあとはめちゃくちゃ疲れますので覚悟してください」

ハッ、さすが――元仲間だな!

進んだ先、村が見えたとほぼ同時に、空に影が見えた。

「――これほどまでか」

ブリジットさんが呟くのも無理はなかった。ワイバーンが何なのか、頭でわかっていても実際には理解していなかったのだと、痛感させられた。

巨大すぎる体軀、今まで見た魔物とは比較にならないほどの存在感。

土色の鱗に巨大すぎる両翼。深赤の目は、明らかに村を狙っているとわかった。

肌でヒシヒシと感じる。魔物と人間は、絶対に相容れないと。

ダンジョンモンスターはいずれ塵になると聞いていたが、そんなすぐじゃない。

それほどの魔力が、容易に感じ取れるからだ。

そして俺の横で、剣を抜く音がした。ブリジットさんがすでに表情を切り替えている。

数人では勝てないと言っていたのに、覚悟を決めているのだ。

アクアも魔法の杖を構えていた。ミルフィも臨戦態勢に入っている。


ああ、かっこいい。本当にかっこいいな。

彼女たちはきっとこれから先どんなことがあっても、誰も見捨てることはしない。

それが、わかった。

そして不謹慎だが、やっぱり自分がどういう人物なのか完全に理解した。

心の底から湧き出てくる。抗いようのない――高揚感。

怯えなんて一切ない。――俺が、あいつをやってやる。

「グォオオオォッオオオオン！」

何かに気づいたのかワイバーンがその場で吠えた。俺たちに視線を定めると、凄まじい速度で滑空しはじめる。同時に、喉奥から赤い炎が見えた。食らえば骨すらも残らないだろう。それほどの魔力を感じる。

そこでアクアが、目の前に大きな半透明の防御(シールド)を展開した。そしてわかった。必ず、防いでくれると。

「――炎の攻撃が終わり次第、それぞれの動きやすいように」

ブリジットさんが静かに呟いた次の瞬間、ワイバーンの炎が俺たちに降り注いだ。だがそれはすべて魔法障壁によって霧散し、弾(はじ)かれていく。

誰も炎から目を逸らさない。即席じゃない。これほどの信頼関係が、間違いなく俺たちにはあったのだろう。

やがてワイバーンとの距離が近づく。そのとき、ミルフィが身を屈めた。同時に、ブリジットさんが駆けながら跳躍する。

俺は『ガイドレンズ』を起動させた。弱点が、赤く光って見える。

一番は心臓だ。次に両翼、そして――目。

なるほど、わかったぜ。

「ブリジットさん！　翼だ！」

「――承知した」

アクアに目配せをしながら、俺も駆けていた。身体がふわりと浮いて、ワイバーンが間近に迫る。

最初に辿り着いたブリジットさんが、右翼の付け根に凄まじい一撃を与えた。

緑の血が噴き出ると共に、ワイバーンが悲痛な叫びを上げる。だがそこでふたたび、ブリジットさんに炎を放とうとした。

それを、ミルフィが蹴りつける。

「それは、許さないにゃ」

目をめがけて、ミルフィが右足で一撃を与えた。二撃目は、首に蹴りつける。容赦のない連続攻撃。ワイバーンが体勢を崩しながら上昇しようとするも、すでに俺は――その背に乗っていた。

「グォオォオオオオン！」

これから起こることがわかっているかのようだった。ワイバーンは身体を左右に揺らしながら、俺を振り落とそうとした。

手に魔力が集まってくる。短剣に、黒い力が宿ってくると、形状が変化していく。

ゴーレムを倒したときよりも禍々（まがまが）しい黒剣が出来上がっていく。

すでに空高く舞い上がっていた。ここでワイバーンを殺せば、俺まで真っ逆さまだ。

本能でそれをわかっているのだろう。

でも、大丈夫だ。

俺には、仲間がいる。

「悪いな。お前は1人なのに――じゃあな」

そして俺は、背中から剣を容赦なく突き刺した。鱗が剥がれて、皮膚を突き破り、骨に達すると、赤い光が強くなっていく。

ワイバーンが叫び、暴れるが、この手は絶対に離さない。

やがて、最後の力だと言わんばかりに身体を揺らしはじめた。凄まじいほどの滑空速度で、振り落とされそうになる。

だがそれでも手を離さなかった。やがて、ワイバーンが絶命した。

魔力を完全に失ったからか、浮力がガクンと落ちて、ますます速度が速まる。

飛行魔法なんてできるわけがない。俺の能力は、ただ地図を確認するだけだ。

今は何の役にも立たないだろう。だが俺はワイバーンから飛び降りると、まっすぐに下を見つめた。

地面が寸前に迫りくる。そして優しい——声がした。

「——飛行(フライト)」

身体の重力が消えて、ふわりと浮く。そしてそこで、2人の女性に両方から掴まれた。

ん、いや、これって——たゆんたゆん……!?

「まったく、大胆だな君は」

「いくら何でもやりすぎ。——でも、さすがタビトだにゃ」

ブリジットさんとミルフィが、俺を掴んでくれていた。

おそらく飛行魔法が上手(うま)くいかなかったときのために、あらかじめ動いてくれたのだろう。

やがてアクアが駆け寄ってくる。

「大丈夫ですか!?　よかった、上手くいって……」

そこでブリジットさんとミルフィが俺を離す。

「ありがとな、アクア」

「えへへ、とんでもないです」

へえ、こんな満面の笑みを浮かべるのか。と思いきや、眉をひそめた。

「早く教えてください。……さっきの転移能力、なんですか!?」

「そうだな。説明してくれ、タビト」

「え、ええと――」

そしてもちろん、帰りのエリアピンにも死ぬほど驚いていた。

それと――。

「タビト、全然煩悩が排除できてないにゃ。ずっと、お胸見てたにゃ」

ちゃんと、バレていたらしい。


『ミルフィ』
★★★★★。
みんなかっこいいにゃ。

きっと、みんなで旅してたんだろうなあ。

私も記憶が戻ってほしいな。

『ブリジット』
★★★★★。
タビトの転移能力にアクアの強化移動魔法、ミルフィの戦闘能力。
まったく、優秀な仲間がいたんだな、私には。
……嬉しいな。
『アクア』
★★★★★。
凄いなあ。
私って、こんなかっこいい人たちと一緒にいたんだ。
みんな、かっこいい。
『タビト』
★★★★★。
みんな凄すぎる。
本当に俺が死の将軍を倒したのか疑うレベルだ。
けどま、最高の仲間たちと一緒にいた自分を褒めたいぜ。
後、やっぱハーレムって最高だな。

「がはは！　元気でなタビト！　ミルフィ！　お前たちと過ごした日々は楽しかったぞ！」

王都出発の早朝、リルドのおっさんが俺の肩を強く叩いた。

この宿に何度救われただろうか。

ほどよい寒さのおかげで、何度たゆることもできたか。

ありがとうおっさん。ありがとう寒さ、ありがとうありがとう、たゆん。

「また王都に来たときは必ずここに来るぜ」

「うんうん、私も同じにゃ！　ありがとね！」

「ああ、待ってるぜ。——ただ、空きがあればいいけどなあ？」

おっさんの視線の先、1階に並んだテーブルには、大勢の冒険者たちが座っていた。

「スープもだが、このサラダも美味しいな」

「全部飲み放題ってマジかよ」

「こんないい宿あったとはなあ。ガイドブック様様だぜ」

冒険者ギルドに置いていたガイドブックを読んで来てくれたらしく、大賑わいだった。

予約という制度はないらしいが、今後検討するという。

ただちょっと申し訳ない。

おっさん1人で間に合うのだろうか。

俺たちだけでも大変だったのに。

「おっさんなんか悪い――」

「リルドのおやっさーん！　スープがもうないですよー！」

「おう！　今行くぜ！」

すると厨房(ちゅうぼう)からめちゃくちゃ可愛い女の子が顔を出した。

金髪で、なんかもうお嬢様みたい。

「え、だ、誰？」

「ああ、今日から雇ったんだ。いい子だぜ」

……クソ、なんてことだ。

「ミルフィ、延泊するか？」

「え、なんで？」

「わからないが、なんとなくだ」

「でも、もう色々と準備とかもしてるよ？　大変だよ？」

「……はい」

◇

それから食堂に移動した。

もちろん、シルクさんに会うためだ。

ただ当然それだけじゃ終わらない。

「今日は、特別にお肉を多めにしておきましたよ」

お皿をコトンっと置いてくれる。

いつものゴロゴロお肉が、さらに倍盛りだ。

今日はミルクパンの種類が2つ。柔らかいものと少しだけ硬いもので、どちらも食感が違って美味しい。

「んーっ、美味しいにゃ！」

サラダは朝一の獲れたてらしく、新鮮なトマトも乗っている。

特別にデザートまで付けてもらった。

おわん型の黄色くてプリっとした、表面がつるつるしているもの。

そう——あれだ。

「すげえ……今まで食べた中で一番うまいプリンだ」

「プリン？」

シルクさんが首を傾げたので慌てて訂正する。

「あ、ご、ごめん。俺の住んでたところではプリンって名前だったんだ」

「へえ？　そうなんですね。もしよろしければ、その名前を使わせていただいてもいいですか？」

「え？　あ、ああいいけど、本当の名前はなんだったんだ？」

「ゴルゴンチュアンドルスです」

「え？　ゴ、ゴルゴンなんて？」

「ゴルゴンチュアンドルスです。私が名付けたんですが、プリンのほうがいい響きだなと思ったので！」

なるほど、完璧に見えるシルクさんは名前のセンスが皆無だったのか。

最終日に知れてよかった。いや、知れてよかったのか？

とはいえ俺のせいで名前を変えるのは——。

「んーっ、このゴルゴンチュアンドルス美味しいにゃあ」

いや、やっぱりプリンで正解だ。

「ふうん、そう行っちゃうのねえ」

「はい。色々とありがとうございました。それに、また装備の手入れしてもらって。ええと、お代は——」

「ふふふ、お金はいらないわ。また会いましょうね」

次は魔女のミリさん。

もとい、エロティック姉さんだ（俺が付けたあだ名）。

宮廷魔法使いのエドナさんと雰囲気は似ているが、こっちのローブのほうがスリットが入っていてエロい。

なんか俺、日に日に邪な気持ちが増えてないか？

煩悩消したはずなんだけどな。

「後、よかったらこれ使って。魔法研磨剤と回復薬の詰め合わせよ」

ミリさんが差し出してくれたのは、高級アイテムばかりだった。武器は手入れをしておかないと切れ味が悪くなる。装備屋まで行けば手入れできるが、それまでの間で使ってほしいという。そして、消耗品も。

「本当にこんなにもらっていいんですか？」

「ふふふ、あなたたちを見ていると、昔の自分を思い出すのよね」

「昔の？　どういうことですか？」

「私も冒険者だったのよ。今は落ち着いてるけどね」

その言葉で、もしかしてと頭に過(よぎ)る。

「も、もしかしてリルドのおっさんと……？」

「あら、よくわかったわね」

う、うらやまけしからん！　おっさんめ、なぜ俺に黙っていたのだ。

「色々なことがあったわ。でも、楽しかった。あなたたちの冒険も、思い返すたびに笑えるようになってほしいわ」

「……ありがとうございます」

俺に昔の記憶はない。これから戻る保証もない。だが、旅はこれからだ。

胸を張れるような、そんな旅になるといいな。

「え、お代もいいんですか!?」

「人と人との出会いはほとんどが一期一会よ。それを忘れないようにね」

「わかりました。肝に銘じておきます」

何ていい人ばかりなんだろうか。


次は王城の外で、ルイとエドナさんと。

「魔法は！　魔法は順調ですか!?」

「え、ああはい。――こんな感じです」

手に火を宿らせる。

反対の手には水がチロチロ。

それを見た瞬間、エドナさんが俺の手を掴んで、ハァハァしていた。

「タビトさあああああああん!?　やっぱり行かないでください！　私と一緒に！　この世界の魔法界に雷を落としましょう！」

「え、い、いやそれはちょっと……？」

なんだかんだで俺が王都から離れるのを一番悲しんでいる人だ。

「ルイ、ちょっといいか？」

「はい？」

ミルフィがエドナさんの涙を拭いてあげている間に、ルイだけに昔の知り合いと会えたと伝えた。

これからは自分探しの旅に出るとも。

「よかったです。でも、私も各地を回ることになったんですよ。宮廷付きの候補生として、色々と覚えることもあるので。もしかしたらどこかでまた会えるかもしれませんね」

「おお、それは楽しみだな」

「多分、エドナさんも付いてきてくれると思います。もしかしたら、どこかで会うかもしれませんね」

「え」

「タビトさあああああああん、行かないでええええええええ」

エドナ先生が怖いって書いてたクチコミはなんだったんだ……。

いや、ある意味怖いか？

最後はもちろんブリジットさんに会いに行った。

だが残念ながら不在だった。

冒険者ギルドでカリンさんに尋ねてみたが、すでに出発しているという。

「緊急招集があったんですよ。でも最後に言付けをもらっています。またティアの国で会おうって」

こりゃ楽しみができたな。

思わず笑みをこぼしてしまう。

ミルフィも微笑んで「いい旅になりそうだねえ」と言ってくれた。

旅行鞄には先々で使えるものを一通り入れておいた。

もちろんカードゲームみたいな遊び道具も。

普通は邪魔なので持って行かないが、俺の能力ならどんとこいだ。

フリーピンである程度のところまで飛べるので、門から外に出る必要はないのだが、クールダウンがあるので温存しておくことに。

それと――。

「タビトさん、ミルフィさん、お待たせしました」

門の外で待っていたのは、なんとアクアだった。

宿のチェックアウトを済ませて準備をしてくれていた。

「今日も小さくて可愛いにゃあ」

「え、ええ!? あ、ありがとうございます。それにミルフィさんもお耳がぴょこぴょこしてて可愛いです」

照れているアクアはおそろしく可愛かった。

彼女とも旅をすることになった。もちろん、記憶を取り戻すために。

その過程で、ミルフィは同胞を、アクアはめずらしい魔導書を見つけたいとそれぞれの目的がある。

あくまでも楽しく。

もしかしたら、旅の途中で記憶を思い出すこともあるだろう。

そして何より——。

「ミルフィさん、なんかお耳についてますよ」

「そ、そこはダメ——ひ、ひぁあっっああんっ」

「あ、ご、ごめんなさい!?」

「だ、大丈夫だよ！」

ハーレムの旅、最高じゃないか！

そしてそのとき、映像がフラッシュバックした。

いつか、どこかの森で、こんな感じの光景が——。

『お前らほんと仲良しだな』

『もしかしてタビト、やきもち妬いてるのにゃ？』

『寂しがり屋ですもんね。タビトさんって』

……ハッ。マジかよ。

やっぱり、モテモテじゃねえか俺。

もっと思い出せ俺、思い出せ……。

「タビトさん、空を見ながらプルプルしてませんか？」

「よくあることだから気にしないで」

なんか俺、呆れられてね？

前もこんなんだったのか？

ま、それもそれで楽しいか。

「とりあえず歩くか。左右のマップを埋めながら行きたいんだが」

「ジグザグタビトだね。了解！」

「なんですかそれ？」

「右いって左いって右いって左に行くんだ」

「そのまんまですね」

どうやらアクアはツッコミ役らしい。

いいバランスだ。

早く記憶が戻ってほしい。

最後に、ステータスを確認した。

『タビト』
レベル：20。
体力：B。
魔力：C。
気力：A。
魔法：『火』レベル2、『水』レベル2、『風』レベル1、『地』レベル1。
ステータス：世界に飛び出す冒険者。
装備品：高級シャツ、高級ズボン、魔法写真機、魔法ペン、魔法ノート。
固有能力：異世界ガイドマップ、超成熟、多言語理解、オートマッピング、ガイドレンズ。
マップ進捗率：魔の洞窟（15％）、魔の沼（35％）。
マップ達成済：オルトリア王都、迷宮（ラビリンス）ダンジョン、オジアリアの川、魔の崖、魔の森。
エリアピン：1／2（オルトリア王都）。
フリーピン：2／4（魔の崖、魔の森）。
旅行鞄：1000／3000。
称号：異世界旅行者、優しい心を持つ男。

レベル1だった頃がもはや懐かしく思える。今後は、魔法レベルも上げていくつもりだ。
心残りは進捗率だが、このあたりは旅を優先していたら仕方ないだろう。

そしてもう1つ不安というか、気になっていることがある。

――殺された冒険者の短剣。

あれだけがどうも引っかかる。

記憶を失っただけなら、この文言はおかしい。

ま、気にせず行くか。

「さて、出発――お、ギール見っけ。それも銀貨だぜミルフィ！」

「えええ、やったああ！」

「お、あそこにも銅貨が！」

「にゃあ！」

「……大丈夫かな？　ちゃんと前に進めるのかな？」


『ミルフィ』
★★★★★。
これからの旅が楽しみだなあ。

3人でぎゅっと寝れば、冬もあったかそうだにゃあ。
『アクア』
★★★★。
きっと以前の私は、こうやって毎日笑っていたんだろうな。
これからの旅が楽しみ。
もっと2人のことが知りたいな。
『タビト』
★★★★。
最高の旅の予感。
幸せだ。みんなでぎゅっとそっとむっと寝れるかな？　寝たいな。
でも、男は俺だけだ。
何があっても2人を守らないと。
さて、これからも楽しんで旅をしよう。

あとがき

初めまして、菊池快晴（きくちかいせい）です。

本作は、第9回カクヨムWeb小説コンテストに応募させていただいていたところ、ありがたいことに異世界ファンタジー特別賞を頂き、この度書籍化の運びとなりました。

まずこれを先に言わせてください。私は、旅行が好きだー！

ありがとうございます。はい、でも本当にそうなんです。

私は人生で二度、友人とバックパッカーの経験があります。

一度目はヨーロッパ中を自由に、フレキシブルに鉄道旅行できるチケットを使って、フランスやドイツ、イタリアといった主要都市を含む様々な国に行きました。

その際に毎日と言っていいほど確認していたのが、マップとクチコミなんです。

初めて行く場所はわからないことだらけです。観光はもちろん、食事や宿泊施設を調べる必要があります。本作は私の実体験を反映しているといっても過言ではありません。

リルドのおっさんや、ミリ姉さんのような人と出会ったこともあります。

二度目はアメリカ周遊でした。ヨーロッパと違って鉄道で回るには広すぎたので、基本的には飛行機を乗り継ぎました。サンフランシスコ、ロサンゼルス、ラスベガス、ニューヨークなどですね。

この話をしたときに、よく「海外の何が楽しいの？」と質問されます。

初めは私もわかりませんでした。異なる文化？　食事？　人とのコミュニケーション？　どれだろうかと。しかしある日突然気づきました。楽しいのは、自分自身の感情の変化だということに。

幼いころ、待ち遠しかったゲームの発売日。自転車を漕いでゲームショップへ向かうドキドキ感。みんなで行く遠足の前日や当日のワクワク感。教室で見る、ＮＨＫアニメのなんともいえぬ高揚感。そういった忘れた感情が、大人になった今でも海外なら頻繁に味わえるのです。

本作をお読みいただいた方にも、そんな気持ちが少しでも伝わっていると嬉しいです。


改めまして、本作品にかかわってくださった方に御礼を申し上げます。

編集さま、校閲さま、本作にかかわってくださった大勢の方々、そしてキャラクターに命を吹き込んでくださったイラストレーターの又市マタローさま。本作の魅力がたっぷり詰まった素敵なイラストばかりで幸せでした。

ここまでお読みくださり、本当にありがとうございました。

電撃の新文芸

異世界ガイドマップ
【クチコミ】を頼りに悠々自適な異世界旅行スローライフを満喫します

著者／菊池快晴
イラスト／又市マタロー

2025年3月17日　初版発行

発行者／山下直久
発行／株式会社KADOKAWA
〒102-8177　東京都千代田区富士見2-13-3
0570-002-301（ナビダイヤル）
印刷／TOPPANクロレ株式会社
製本／TOPPANクロレ株式会社

【初出】
本書は、2023年から2024年にカクヨムで実施された「第9回カクヨムWeb小説コンテスト」で特別賞（異世界ファンタジー部門）を受賞した『【異世界ガイドマップ】5.0★★★★★（57894件）を手に入れたので【クチコミ】を頼りに悠々自適な異世界旅行スローライフを満喫します』を加筆・修正したものです。

ISBN978-4-04-916148-9　C0093　Printed in Japan　◇◇◇

ファンレターあて先
〒102-8177
東京都千代田区富士見2-13-3
電撃の新文芸編集部

「菊池快晴先生」係
「又市マタロー先生」係

異世界から来た魔族、拾いました。

うっかりもらった莫大な魔力で、ダンジョンのある暮らしを満喫します。

著／Saida
イラスト／KeG

もふもふ達からもらった規格外の魔力で、自由気ままにダンジョン探索！

　少女と犬の幽霊を見かけたと思ったら……正体は、異世界から地球のダンジョンを探索しに来た魔族だった!?

　うっかり規格外の魔力を渡されてしまった元社畜の圭太は、彼らのダンジョン探索を手伝うことに。

　さらには、行くあての無い二人を家に住まわせることになり、モフモフわんこと天真爛漫な幼い少女との生活がスタート！　魔族達との出会いとダンジョン探索をきっかけに、人生が好転しはじめる——！

ダンジョン付き古民家シェアハウス

著／猫野美羽
イラスト／しの

ダンジョン付きの古民家シェアハウスで自給自足のスローライフを楽しもう！

　大学を卒業したばかりの塚森美沙は、友人たちと田舎の古民家でシェア生活を送ることに。心機一転、新たな我が家を探索をしていると、古びた土蔵の中で不可思議なドアを見つけてしまい……？　扉の向こうに広がるのは、うっすらと光る洞窟――なんとそこはダンジョンだった‼　可愛いニャンコやスライムを仲間に加え、男女四人の食い気はあるが色気は皆無な古民家シェアハウスの物語が始まる。

派遣侍女リディは平穏な職場で働きたい

没落した元令嬢、ワケあって侯爵様に直接雇用されましたが、溺愛は契約外です！

著／琴乃葉
イラスト／朝日川日和

**目立たず地味に、程よく手を抜く。
それが私のモットーなのに、
今度の職場はトラブル続きで——**

街の派遣所から王城の給仕係として派遣された、元男爵令嬢のリディ。目立たずほどほどに手を抜くのが信条だが、隠していた語学力が外交官を務める公爵・レオンハルトに見抜かれ、直接雇用されることに。城内きっての美丈夫に抜擢されたリディに、同僚からの嫉妬やトラブルが降りかかる。ピンチのたびに駆けつけ、助けてくれるのはいつもレオンハルト。しかし彼から注がれる甘くて熱い視線の意味にはまったく気づかず——!?

電撃の新文芸

ご近所JK伊勢崎さんは異世界帰りの大聖女
～そして俺は彼女専用の魔力供給おじさんとして、突如目覚めた時空魔法で地球と異世界を駆け巡る～

著／深見おしお
イラスト／えいひ

「さすがです、おじさま！」会社を辞めた社畜が、地球と異世界を飛び回る！

アラサーリーマン・松永はある日、近所に住む女子高生・伊勢崎聖奈をかばい、自分が暴漢に刺されてしまう。松永の生命が尽きようとしたその瞬間、なぜか聖奈の身体が輝き始め、彼女の謎の力で瀕死の重傷から蘇り——気づいたら二人で異世界に!?　そこは、かつて聖奈が大聖女として生きていた剣と魔法の世界。そこで時空魔法にまで目覚めた松永は、地球と異世界を自由自在に転移できるようになり……!?　アラサーリーマンとおじ専JKによる、地球と異世界を飛び回るゆかいな冒険活劇！

かませ犬転生

～たとえば劇場版限定の悪役キャラに憧れた踏み台転生者が赤ちゃんの頃から過剰に努力して、原作一巻から主人公の前に絶望的な壁として立ちはだかるような～

著／一ノ瀬るちあ
イラスト／Garuku

もう【かませ犬】とは呼ばせない
――俺の考える、最強の悪役を見せてやる。

ルーン文字による魔法を駆使して広大な世界を冒険する異世界ファンタジーRPG【ルーンファンタジー】。その世界に、主人公キャラ・シロウと瓜二つの容姿と魔法を使う敵キャラ『クロウ』に転生してしまった俺。このクロウは恵まれたポジションのくせに、ストーリーの都合で主人公のかませ犬にしかならないなんとも残念な敵キャラとして有名だった。

――なら、やることは一つ。理想のダークヒーロー像をこのクロウの身体で好き勝手に体現して、最強にカッコいい悪役になってやる！【覇王の教義】をいまここに紡ぐ！

電撃の新文芸